用最舒適的樣子，與你相遇

楊楊

你要相信會有那樣一個人，
帶走你往日的舊傷，
用餘生為你暖一壺茶，
晚風微揚時陪你回家。

願有人給你波瀾不驚的愛情，
陪你看細水長流的風景。

世間從來沒有那麼多的剛好，

誰都難免會錯過一次航班，

錯過一場彩虹，錯過一聲告別。

可是，既然是對的人，就還是會出現，

即使晚一點，但真的沒關係。

總有一天你會知道，
其實，你所失去的，歲月並不會以
另一種方式補償，
而得到補償的人，都是在時間裡，
用更好的自己去重逢。

一個人的孤單，

只不過是無聊和些許的一點傷感，

但對於本不在同一個頻道的人來說，

兩個人的孤單，卻是壓抑至極的沉寂。

儘管直到最後也沒能變成你喜歡的人，

但在這條渴望被你喜歡的路上，我確實變得更好了。

這或許就是為什麼我感到疼痛，卻仍心存感激。

感謝你的辜負，感謝自己的付出。

思念在見不到你的日子裡瘋長，

把人給折磨透了，

直到偶遇了，見到面了，症狀才有所舒緩。

見一次面，即使只是看到一眼，也夠好幾天的想念了。

心底那百轉千迴的心思啊，也只有自己知道。

我們總把來不及的事留給下一年，

把來不及付出的感情留給下一任，

把來不及說的話留給下一次。

很多的「來不及」，

不是沒做好準備，而是沒下定決心。

大概，當一個人真正消失在了你的生活裡，

又或者，當你看到了更多、更不一樣的風景的時候，

還依然會不由自主地想念起那個人，

你大概就已經知道自己內心深處最真實的想法了。

世界上永遠沒有無緣無故的喜愛，
只是，有些原因你不能明白，而我沒有坦白。
或許，是相遇時恰好你笑了，
或者，是你皺了一下眉，
所以你來了，所以我愛了。

也許，愛情就是對方在自己眼裡有著各種各樣缺點，

卻還是怕對方被別人搶走了吧。

任那所有的不愉快，也都改變不了對彼此的依賴。

然後有一天忽然間發現，

原來，我們說過的每句漫不經心的話，

全在那個人的心上開成了漫山遍野的花。

我其實一點都不遺憾，

沒有在最好的時光遇到你，

因為，在遇到你之後，最好的時光才真正開始。

我感謝時光，

帶走了那麼多東西，

卻肯為我留下了你。

目 錄

如今正好，別說來日方長

　　有時候，你想寫點什麼，卻總是下不了筆，也許明天會有更好的想法和措辭；有時候，你想說點什麼，卻總是遲疑，也許明天會有更合適的機會。

　　你看，我們總把來不及做的事，留給下一年；把來不及付出的感情，留給下一任；把來不及說的話，留給下一次。事實卻是，世界上的任何東西，都是過期不候，哪怕是一錠止痛藥，也可以在你生龍活虎的日子裡默默過期，在你頭痛欲裂的時候失去作用。

　　人們總是後知後覺，總認為有些話不妨等一等，總以為來日方長，可不知不覺，便沒了來日。歲月無聲，經得起多少的等待？我們又究竟能有多少時間，有多少機會可以耗費？

　　其實，很多的「來不及」，並不是沒做好準備，而是沒下定

決心。

　　大概是應了那句「得不到的永遠在騷動，被偏愛的都有恃無恐」，我們時常會有這樣的誤會——求而不得的，才是最珍貴的，而已經握在手心裡的，又都難免變得不像當初一般的那樣在乎。

　　時光一路向前，路上沒有紅燈，當你越走越快，也越走越穩，當你也真的成了過來人，回頭看看你就會知道，往事舊人，自有他們的好，但還沒好到你要時刻念念不忘的地步。因為最好的人，都在你身邊守著，而不是讓你記著。

　　人生當中大部分耿耿於懷的執著，即便美好，卻並非必要。畢竟，你錯過的人和事，別人才有機會遇見，別人錯過了，你才有機會擁有。人人都會錯過，人人都曾經錯過，但真正屬於你的，永遠都不會錯過。

　　你看，就是因為這樣，電影裡才會告訴你：「沒能在一起的人，就是不對的人，對的人，你是一定不會錯過他的。」而你，是否應該對此刻正在身邊用心陪伴你的人說一句：我感謝時光，帶走了那麼多的東西，卻肯為我留下了你。

　　春風十里，原來是你；如今正好，別說來日方長。

　　但願，最初的那一句「你好，請多關照」，到最後，會換來你最希望、也最隆重的那句「餘生，請多指教」。

Part 01

你好，請多關照

但願，最初的那一句「你好，請多關照」

到最後，會換來你最希望

也最隆重的那句「餘生，請多指教」

Part 1／你好，請多關照

＃ 等 待

既然是對的人，
就一定會出現

世界很粗糙，歲月也不溫柔。

我們曾是兩個淋透了雨的人，
都沒有傘，
慌慌張張躲進了同一個屋簷。

卻碰巧發現，
彼此有同樣的目的地，
於是有勇氣並肩一起，散步淋雨。

那一路多開心，
因為捨不得再見，
所以寧願人間的風雨別停，天別晴。

她今年二十五歲，自從大學畢業與去外地工作的男友分手以後就一直單身，這是她一個人生活的第二年。

　　她獨自居住在租來的一房一廳裡，每個月的房租占掉薪水的三分之一，房間並不豪華，卻總是會有暖暖的陽光在清晨照射進來。

　　她還沒有新的對象，陽臺上的花花草草就是被她精心呵護的戀人，閱讀也是她最愛的消遣。她一個人睡一張寬寬的雙人床，一個人捧著一碗超級好吃的麵看電影，一個人躺在藤椅裡看書、翻雜誌，一個人專心地煮咖啡，也一個人靜靜地伏在陽臺上，看太陽一寸一寸地沉墜下去。

　　在她的生活裡，其實並不是完全沒有愛情，有時候，她會對咖啡館坐在角落裡的男孩怦然心動，偷偷在字條上寫下自己的手機號碼。也偶爾會在親朋好友的撮合下去相親，儘管結果往往不太理想，卻也見識了更加多面的人生。

　　在沒人來約的時候，她並不孤獨，她學會了和自己約會。她請自己去擁擠的夜市，吃三串五十的羊肉串，也會在西餐廳裡為自己點一份奢侈的肋眼牛排。她穿著漂亮的裙子，和閨密去逛逛附近的城市，也會為自己做四菜一湯的晚餐，在各種食物的味道裡，把一個人的生活烹調得熱熱鬧鬧。

　　有人說，一個人會活得孤獨寂寞，一個人過日子很快就會

枯萎，可是她用各種方法讓自己活得精采有趣，我總是看得見她盛開到明媚的模樣。

她對我說，在那個對的人還沒來之前，我能做的，就是好好替他愛自己。

是啊，如今就是最好的時候，你該要傾心善待，何必非要等到另外一個誰再開始？

. . .

在我們周圍大概都會有這樣一些再普通不過的女孩子，沒有誰含著金湯匙出生，也沒有誰有著傾國傾城的樣貌，她們都是在城市中努力行走的年輕人，有著平凡的煩惱和困惑，受傷過，失望過，卻在生活裡小心翼翼地保護著對愛情的期待。

這樣普通的女孩們，沒有妥協，沒有委屈，不甘心用別人的尺規去丈量自己的愛情。她們因為沒有遇見對的人而保持單身，因為愛一個人而生活在一起，保持對愛情最簡單也最難得的信念，遵從己願，尊重內心。

人生並不一定要找到什麼驚心動魄的愛情，我們活著，是因為熱愛；我們結婚，是因為彼此相愛。

我總是覺得，這樣的人生，才不白來一場。

。。。

發完最後一封郵件，我伸了個大大的懶腰，今天的工作終於全部搞定，下班時間也剛好差不多到了。

我關掉電腦，找出鏡子稍微照了一眼，收拾好包包，準備下班。

「小柒，我今天有點事情，先走一步了。」

「等一下，讓我看看，嗯，今天妝化得不錯，這個顏色的眼影很適合妳，眼線也畫得很好，還穿了一件這麼有女人味的裙子，妳有約會啊？去哪裡？快，從實招來！」

小柒如此直白的質問讓我有點措手不及，「妳想太多了好嗎？真的，我只是去看一場電影而已。」

「看電影？跟誰一起啊？男的還是女的？我認識嗎？」

小柒是我的同事，她八卦的情緒一旦被點燃，就會爆發出強大的拷問力量。

「不是和誰，我一個人去看啊，最近不是有部新片很紅嗎？每天SNS都被洗版，我就很想看，然後就訂了今天的票。」

「妳，一個人，去看電影？不會吧？」小柒瞪大了眼睛看著我，整張臉都寫滿了不可思議！

「妳為什麼會用這樣的眼神看著我？為什麼我不可以一個人

看電影？」

「妳眞的一個人？妳居然一個人跑去看電影！妳不覺得一個人去電影院很奇怪嗎？旁邊坐著的要麼是黏踢踢的情侶，要麼是幾個要好的朋友，妳一個人坐在那邊不會很孤單嗎？尤其是電影開場和散場的時候，一個人被夾在人群中，不會很失落嗎？而且，看完了電影都沒有人可以一起分享啊？」

小柒任意地發揮著豐富的想像力，劈哩啪啦地說著，疑惑不解的眼神始終沒有離開過我的臉，好像還隱約藏著幾分心疼：唉，這麼可憐，她居然一個人去看電影，怎麼都沒有人陪她一起去看。

「沒有啊，不會啊，我覺得一個人看電影很正常啊，我眞的不覺得這有什麼。」說完，我抬手看了一眼時間，該走了，「我要遲到了，明天再聊啊，拜拜。」

按了電梯以後，我就開始發呆，腦子裡迴盪著小柒的話。

兩個人看電影，有人陪伴和分享，當然很好。一個人看電影，就會變得自由和隨性，你不用去約別人，也不用等著別人來約，更不用爲了協調時間和地點來來回回地浪費時間，選片的時候也不用互相遷就，這也不錯啊。

事實上，很多人之所以會一個人去看電影，不是因爲身邊沒有朋友陪，也不是因爲跟朋友在電影的口味上南轅北轍，就

只是純粹喜歡這種一個人自主打發時間的小時光，僅此而已。

無論你是單身還是正在熱戀當中，一個人去看一場想看的電影，一個人為自己做一頓豐盛的晚飯，一個人買張週末去附近城市的車票，來一次說走就走的短程旅行，又有何不妥？

＊＊＊

E小姐回國後的第五個月，在聊天群組傳了一個讓人看得一身雞皮疙瘩的羞澀表情：「誰手上有優質單身好男人？趕快介紹介紹，事情成了，我負責一個月的晚餐，附贈甜點。」

群組裡頓時熱鬧了起來，各路人馬搖身一變，成了人口販子，急急忙忙將身邊所有沒結婚的優質男性好友在腦中列表一遍，恨不得將所有好對象一網打盡，呈給E女王檢閱——沒辦法，誰叫E小姐下廚的好手藝堪比藍帶大廚，甜點更是做得超級美味又好看呢？

正所謂「重賞之下，必有勇夫」。沒過幾天，E小姐已然成功開始了相親之旅，她的謝禮是一大盒手工打造的布朗尼。

大家一邊瓜分美食，一邊好奇追問：「妳才剛回國，怎麼就這麼急著找男朋友？」

她揚了揚狹長的眉毛，嘆一口氣說：「之前在外面讀書的時

候不覺得，回來之後發現，身邊跟我差不多大的人基本上都有伴了，說不著急是假的。」

「被逼婚了？」

「倒是沒有⋯⋯其實我父母還算是開明，家裡親戚也不經常來往，所以還好。」她苦惱地搖搖頭。

「主要是自己覺得太孤單了，讀書上學的時候是這樣，背井離鄉的時候是這樣，好不容易回來了，工作也穩定了，就很想找個男朋友，有人陪伴。」

「我只是不想讓我再孤單了。」我想起她有一天在SNS上這樣說。

不挑剔的E小姐，在約會了四五次之後隨著男方去見了家長，自己的朋友、家人聚會也從不避諱地帶他一起。那男生聰明、成熟且氣質頗佳，我們紛紛開玩笑說E小姐命太好，明明沒什麼要求，隨便挑一個都是這麼優秀的人。

E小姐帶著甜蜜的微笑，依偎在他的身邊，表情安逸滿足得像是找到了家的小鳥，或是一隻吃飽了在慵懶曬太陽的貓。

從那之後，她拍的各種風景中總會多出一個人的身影，美食照中的餐具也從一副變成了兩套。最怕孤單的E小姐，從此以後應該不會再一個人了吧。

．．．

　　所以，如此過了快一年，聽說她主動提出分手的時候，大家都以為是愚人節的笑話。

　　她烤了一大盤馬卡龍，來答謝各位「斜槓人口販子」的大力支持，並且委婉地表達了自己回歸單身的意願。當媒人當得最賣力的一個女生疑惑不解：「妳不是說不想再孤單嗎，那男生不是蠻好的嗎，他怎麼傷了你的心，讓妳重回單身？」

　　「我們是和平分手，沒有傷心的問題。」她認真地調製著招牌的E式雞尾酒，「兩個人的孤單，比一個人冷冷清清更加可怕。我親身體會了，未婚的姐妹們共勉啊。」

　　一個人的孤單，只不過是無聊和些許的一點傷感，但對於本不在同一個頻道的人來說，兩個人的孤單，卻是壓抑至極的沉寂。

　　明明還是在對話，偶爾一起看著電視笑一笑，一起出去吃飯旅遊，可是你在想著和他在想著的東西，就是那麼不一樣。你努力了一千零一次，想要告訴他你的喜悅、悲傷、憧憬、失望，卻像打在棉花上面的拳頭一樣空洞無力，換不回一絲一毫的哪怕是在嘗試的感同身受。

身邊明明是有了陪伴，空氣中也不再是一個人冷落伶仃的味道。心中卻好像被挖了更大的一個坑洞，更加茫然得不知道要用什麼填滿。

她自嘲地一笑，語氣憫憫：「看來，愛情這件事，眞的遠沒有傳說中那麼偉大……」

．．．

二〇一四年，影后張曼玉出現在北京草莓音樂節的舞台上，然而因為她屢次破音、走音，遭到了現場觀衆的噓聲以及網路上鋪天蓋地的炮轟，「一個五十多歲的老女人了，為什麼就不能安安分分地好好演戲，瞎搞什麼啊，人老珠黃還出來丟自己的臉。」

對此，張曼玉後來在開場前自嘲，「我昨天用拼音在百度查怎樣在草莓音樂節唱歌不走音，查很久也沒查到，所以今天可能繼續走音。我還要澄淸一個事情，我今天是四十九歲七個月零三天，而不是五十多歲。我從小有個夢想就是要唱歌，我演電影演了二十多次還被說成花瓶，唱歌也請給我二十次機會，我會一直努力。」

可能很多人會想，拜託，人家可是張曼玉啊！一路當了這

麼多年女神、影后的她缺少什麼？金錢、名利、愛情，還是跑車、豪宅、名牌包？多少男人站在像她這樣人生開了掛一樣的女人面前都會覺得心虛汗顏吧，在這世界上還有什麼能讓她在意、能傷害到她的呢？

實際上，那番話雖然在當時為她贏得了很多喝彩，但是那次的經歷還是令她深受打擊，據說很久很久之後，有朋友在香港和她聊起音樂節的事，還沒說幾句她就忍不住哭了。如張曼玉般的成功女人都尚且如此，廣大普普通通的女生就更無須多說了吧。

誰都不是銅鑄鐵打的，刀槍不入，所以，別把女生的內心想得太強大，別把女生真當成女漢子，就算你真的這麼想過，也要弄清楚一點：每一個女漢子其實都有一顆少女心，希望被疼愛，被捧在手心，希望有一個人能始終願意小心地護住她的孩子氣。

當一份愛情真正打動一個女人的時候，即使她再好強、再強勢，也會恍然一瞬覺得，她真的可以不用征服世界，不用衝鋒陷陣，不用功成名就，不用腰纏萬貫也能感覺到幸福和滿足，她甚至有一點失去了雄心壯志，但卻反而覺得，嗯，這樣也不賴。

　　昨天傍晚，小魚突然傳訊息給我：「有時候會想，不然找個男朋友吧，就算沒有轟轟烈烈、刻骨銘心的愛情，好歹也可以有靜水長流的依靠與溫柔。」

　　我問她，爲什麼突然想要談戀愛。

　　她說，「我現在一個人生病在家，頭痛，鼻塞，渾身發熱，吃不下飯。但沒有幾個人知道，也沒有人放在心上。他們只在意我會不會把他們明天的活動做好，他們只在意我能不能順利地完成工作。沒人在乎我有沒有吃飯，也沒人會想到問我是不是身體不舒服。我是那麼希望有人能在第一時間發現我生病了，希望有人能在我難受的時候可以照顧我⋯⋯」

　　看完她的回覆我才恍然大悟，原來是因爲這兩天感冒發燒無人照顧，想得到關懷卻無人給予，她才萌發了想找個男朋友的想法。

　　以她的視角來看，似乎談了戀愛，自己現在所面臨的一切問題就都迎刃而解了。

　　無獨有偶，我的另一個朋友也曾這麼對我說過，被欺負的時候、受委屈的時候、生病的時候、被忽視的時候、一個人無

所依靠的時候，她都在想，那個人到底什麼時候才出現？她不想一直活得像個女強人。

這聽來有些令人唏噓不已。但是，親愛的，找到男朋友後一切就會改變嗎？

很遺憾，答案也許是：不會。

戀愛其實也只是一種交際，它無法從根本上改變你的生活。

物以類聚，人以群分。這條人際交往法則於戀愛中一樣適用。你必須首先是一個獨立而完整的人，才能遇到一個同樣優秀的、獨立的他。若你自己是不完整的、沒有安全感的、生活無法自理的，你能遇到的，可能只是同樣喜歡抱怨的、需要女友安慰的、猶豫不決的他。

．．．

醒一醒吧，女孩。

這世上沒有專屬於你的超人，陽光暖男基本上也只是電視劇用來吸引觀眾的角色設定而已。更多的時候，我們依舊是一個人生活，一個人勇敢面對生活所賜予的所有挑戰，即使有了男朋友也是這樣。獨立和堅強應該內化成你的精神內質，這與

是否單身無關。

而所謂的獨立與堅強，是你出遠門總會自己帶傘，很少再把自己淋濕，是你能控制自己的眼淚，很少再讓自己感動到哭，是你學會善待自己，照顧好自己，是你逐漸成為獨立的個體，而不是將生活僥倖地寄託於外在的一切。

沒有人一定會在雨夜接你，沒有人一定會懂你的心，即便他是你男朋友。

安全感不能依靠於別人的照顧和疼愛，更不能依靠一段看似熱烈的愛情和一個熱戀中無微不至的男友。

親愛的女孩，你的安全感，應該源於手機滿格的電量，過馬路時路口亮起的綠燈，出門隨身攜帶的身分證、手機、鑰匙還有錢包，包包裡常備的面紙和OK繃，按時做好的工作，下雨天提前收好的衣服被子，以及生病時還能撐著一個人去看病打針吃藥的力氣和理智。

所以，永遠別太依賴任何一個人，一旦哪天他不找你、不陪你、不哄你了，你該怎麼辦？

愛情不能為你解決全部問題。相反，談戀愛是互相付出彼此扶持的過程，而不是單向的索取。

不要任性地要求對方為你做好所有的事情，像偶像劇一

樣，你需要他時總能出現在你身邊，你要知道，男朋友並沒有偶像劇裡那樣的無所不能。即使你是需要被照顧的一方，也不要想著放肆去依賴，妄圖霸占對方整個的心，以尋得自己想要的關心與安全感。

缺少獨立和自由的愛情，對彼此都是一種束縛，只會壓得人喘不過氣。

這世上沒有人有義務幫你解決所有的難題，也沒有人一定要承受你所有的任性和壞情緒。

你必須讓自己變得強大，強大到一個人也足以面對暴風雨的洗禮，才能成熟冷靜地迎接屬於你的愛情。而不是出於寂寞，出於無助，奢望一段感情帶給你翻天覆地的改變。要知道，你自己不努力，難題也不會因為愛情的出現而迎刃而解。

愛情不是你依賴別人的理由，也不是你推卸責任的藉口，相反，一份成熟的愛情需要你付出更多的心力去維持、去經營、去呵護，才有可能長久。

願所有單身的好女生，都能在最好的時刻遇到你的Mr. Right。愛情不急，先讓自己神采飛揚，再去遇到那個美好如詩的他。

. . .

　遇到有趣的事情因為不能講給別人聽，自己也很快就忘記了，日子慢慢變得無聊起來。

　喜歡的美食美景，吃到看到都沒有人共享。難過的時候，覺得跟誰說都不合適。

　夜晚的時候，周圍寂靜到似乎能聽到自己心跳的聲音。白天的時候，走在街頭，看著別人一雙一對有說有笑，就好像全世界的熱鬧都與你無關。

　跟你從小玩到大的好朋友們都在忙著戀愛結婚帶小孩，大家聊天的話題你卻已經格格不入。

　你一個人去喝咖啡，一個人去吃火鍋，一個人做甜點，明明只做了幾個，放在冰箱卻好久都吃不完。

　看吧看吧，不知是從什麼時候開始，孤單變成了那麼可怕的東西。

　孤單，它等於一籌莫展，等於形單影隻，等於全世界將你淹沒，等於許多人帶著善意的、同情的目光，等於許多人帶著不解的、質疑的表情，等於即使你明明知道自己過得很好，卻在天長日久的孤單中也開始懷疑起自己：「我的生活是不是真的

不正常？」或是漸漸滋生出一點對於熱鬧的渴望。

於是，想盡一切方法逃離孤單的魔咒；於是，想要許多的陪伴和喧囂；於是，想要試圖用去愛或是被愛，來填滿「孤單」這個大大的坑洞。

可是，這樣的路程卻往往從一開始就計算錯了方向。

兩個人對面而坐，想要說些什麼又不知要說些什麼的尷尬時刻，遠遠要比形單影隻來得更加難熬。

明明是在聊天，你卻甚至比一個人不說話的時候更加不懂你自己。明明是手牽著手，逛著熱熱鬧鬧的街，卻莫名其妙地懷念起一個人看電影、看書的安靜空氣。

愛情這東西，一點都不偉大，明明是個傲嬌、任性又不能強求的東西。

人人生來皆孤獨，本來就是再正常不過的狀態。每個人都有著自己的路要走，父母、朋友、愛人、子女，全部加起來的日子，也不會比你自己陪伴自己的時光更長。這樣的孤獨並不是件什麼壞事，或是一種罪，它原本就是每個人與自己相處時最本真的狀態。

只要你有自己，對自己持有飽滿的熱愛，有自由、有愛好、有追求、有憧憬、有思索，每一天都發現生活裡的不同，走過不同的路，翻過不同的書，跟不同的人聊過天，哼過不同

的歌，想過不同的事，有過不同的心情。

你的生活中可以沒有誰，但如果你願意接納或者追求，就用同樣的愛去回應，而不是想著用別人的水岸去停泊自己孤單的船。

如果你尚未等到這樣的人來敲你的門，也還沒有準備好去敲別人的門，那就過好自己的生活，讓它色彩斑斕有聲有色。每一分每一秒都盡量按照自己所愛所想去生活。你總會在向前走的路上，遇到想要遇到的人。

你或許無法讓自己不再孤單，卻也可以讓自己從未寂寞。

像水木丁寫過的那句「一個人就是一支隊伍」，形單影隻又如何？

Good Night, Sleep Tight

我無所畏懼，只因為我知道，
在我的生命裡，挫折會來，也會過去。
熱淚會流下來，也會收起，
沒有什麼可以讓我氣餒的。

因為，我有著長長的一生，
而你，一定會來。

那麼，晚安。

相遇不必太早，
我怕我不夠好

遇見

我們都希望，
在最好的年華裡遇到一個正好的人。

但世間從來沒有那麼多的剛好，
誰都難免會錯過一次航班，
錯過一場彩虹，錯過一聲告別。

可是，
既然是對的人就還是會出現，
即使晚一點，但真的沒關係。

畢竟，
相見恨晚背後藏著的，
都是還好遇到了。

高中的時候，他和她是同班同學，彼此的心裡其實都有一點喜歡對方，但是，這一切的感覺、小小心思也就只是維繫在那種懵懵懂懂之間，終究，誰都沒有去說破。

　　後來，女生考上了一所很好的大學，男生出國留學。兩個人就好像所有人當初都曾經歷過的那樣，畢業了，大家就各自分開了──畢竟，年紀輕輕的時候，誰都沒法承諾，自己能給誰一個確定的未來。

　　再後來，女孩並沒有從事與大學科系有關的工作，而是去當了空姐。

　　無比巧合的是，有一次，男孩竟然在回國的飛機上和女孩重逢，當時，他們幾乎同時認出了對方。

　　男孩極為驚喜，但更多的其實是訝異。因為他很清楚，當年那次舉國震驚的空難，機上人員全部遇難，而她的一位親人恰恰就在其中。所以，她的心裡一直留有陰影，當初填志願時甚至為此特意刪除了一些相關的院校和科系。

　　「我真的做夢也想不到，為什麼妳會成了空姐。」

　　「其實，我是在等一個人。我希望，在他回國的第一時間，遇見的第一個認識的人，會是我……」

大概，當一個人眞正消失在了你的生活裡，又或者，當你看到了更多、更不一樣的風景的時候，還依然會不由自主地想念起那個人，你大概就應該已經知道自己內心深處最眞實的想法了。

很多人也都曾想過要爲這樣的想法去做點什麼，給自己一個交代。只不過，有的人更加勇敢一點，眞的去做了，甚至不求什麼結果。

所以，看似奇蹟般的巧合，其實常常都有著它的安排。

世間事大抵如此。

一切美好的事情，都會靜靜發生，因爲在這個世界上，信者得愛。

. . .

以前總覺得，所有的緣分未到或緣盡於此，都不過是不夠相愛、不夠勇敢的推托之詞。但隨著感情的起起伏伏，聚散離合越來越多，好像漸漸明白，人世間，是眞有緣分這一說的。

緣起時，一個不經意的決定就邂逅了心動；緣動了，千難萬阻都會水到渠成。有緣分的愛情，可期不可求。

緣分到底是什麼？它是一種自我安慰的幻覺，還是上帝給的

額外獎賞？

　　我想，生活中大家都有過類似的經驗，那就是新認識一個人的時候，就覺得有莫名的熟悉感。

　　在我看來，這就是一種緣分。

　　去年年底，我的好友龍貓失戀了，他很傷心，因為那是他人生中的第一次戀愛。對待愛情，龍貓非常相信緣分，對此我常嗤之以鼻。我向來認為，所謂相信緣分或者看眼緣之類的，不過就是「看臉」的修飾說法。

　　那天我約他一起喝酒聊聊，等我快到了，他卻臨時打來說有工作來不了，放了我鴿子。百無聊賴，我就沒去約好的店，而是隨意走進一家日本料理店，點了些壽司、清酒，獨自小酌。這時背後有人認出了我，喊著我名字。

　　我回過頭，是我大學裡認識的兩個女生 —— 雯子和馬丹。雖然多年未見，但以前算是有點交情，於是便坐過去閒聊，然後才得知，雯子前兩天才剛辭職，準備離開這座城市，回家鄉發展。

　　回首這兩年在這裡的收穫與失去、快樂與悲傷，大家都很唏噓。她離開的原因，主要也是因為情傷。

　　我心裡還正想著 —— 怎麼一到年底失戀的人就這麼多，忽

然手機響了起來。原來龍貓那邊臨時的工作取消了，於是趕了過來。

　　當龍貓坐在雯子前面的時候，我忽然有種在聯誼的奇妙感受。兩個本沒有關聯的失戀之人，卻因為我陰差陽錯坐在了一塊兒。

　　我們隨意聊著卻又意外發現，龍貓與雯子竟然是同一個地方出身，酒過三巡菜過五味，大家也開始熟稔起來放開了開玩笑。龍貓很擅長接話，雯子性格直爽，很會吐槽，兩個人一搭一唱，非常有意思。之後我們又換了一家咖啡館，一直聊到很晚，在馬丹的慫恿下，兩人交換了電話號碼。

　　當時我也沒想太多，只覺得是一次愉快的聚會。直到一個多月後的耶誕節，我在SNS上看到一張照片，是雯子發的，一堆龍貓的玩具。然後是龍貓發的照片，一起吃飯的畫面。

　　我一時有點沒反應過來，連忙打電話給龍貓，他羞澀而喜悅地告訴我：「托您的福，我們在一起了。」

　　這世界變化快，原諒我沒明白。

　　龍貓說，本來那天分開後，他們也就沒聯繫了，他本來就不是主動的人，雖然覺得女孩不錯，但想到以後分處兩地，又剛剛認識，沒什麼發展的可能……

誰知道，兩週後他開車回家鄉，卻意外地在路上碰到了雯子，兩人都非常驚喜而意外，送她回家的路上，看著女孩明亮而喜悅的眼神，他說：「再次見到她的那一刻，就開始害怕分別的到來。」

　　他想，這次是真的緣分到了。

　　半年過去了，他們的感情非常穩定，每次聚會，我都很欣慰地看著他們彷彿老夫老妻般的互相調侃，以及一點一滴的默契與關懷。等一切準備妥當，明年就打算結婚了，衷心祝福。

　　這件事是朋友之間的美談，因為任何一個決定的改變都不會有最後的結局。

　　如果那天我沒有約他喝酒，如果那天他沒有接到烏龍電話，如果那天我沒有隨意走入日本料理店，如果那天雯子她們不是剛好去那吃飯，或者沒有認出我。如果後來龍貓沒有過來，那就不會有第一次相遇。如果沒有第一次相遇，即使後來他們再碰到，也只是兩個擦肩而過的陌生人，而不會走入彼此的生命。

　　這麼一想，人生真是神奇，你每一個看似不經意的決定與選擇，都可能完全改變你的命運。

我們的人生，何嘗不是一個看似平淡實則充滿無限可能的蝴蝶效應？

我們永遠不知道下一秒會愛上誰，或者是你曾經視若無睹的老同學在多年後的不期而遇；或者是假日裡一次心血來潮的短期旅行；或者是你身邊某個木訥的同事一個雨後的順路送行，而且聊得竟異常的投緣；更或者是你本來排斥、勉為其難參與的一次相親……

這種不確定，正是有些人相信緣分的原因。

緣分本身就像量子理論中的不確定性，跟著名的薛丁格的貓一樣，不到你親手打開的那一刻，它永遠不會給你一個確定的答案。

. . .

一個下著細碎小雨的下午，被天氣和最近幾天密集的工作弄得心情有些陰鬱的他，開車路過一條老街，透過車窗，他一眼看見，街旁的樹下站著一個女生，那個女生穿著天藍色的碎花裙，留著一頭烏黑柔順的披肩長髮，沒有撐傘。

當時的他，怦然心動，覺得自己一直在尋找的女生就該是這樣。

真的不知道是從哪裡來的勇氣，他決定在下一個路口就掉頭，說不定運氣好的話，還能和那個女生說句話。在把車往回開的路上，他甚至對著後照鏡自己練了練微笑，想像著在與那個女生打招呼的時候，說什麼話、配合怎樣的表情，才不會讓人家覺得他太唐突。

　　當他懷著滿心的期待、緊張和惴惴不安，把車開到那棵樹下的時候，那女生已經走了。

　　後來，他總是在時間還有充裕的時候，就故意繞路來經過這個地方。有時天晴，有時陰雨。

　　在那裡走過很多女孩，有的長髮披肩，有的是顏色明亮的捲曲短髮，有的穿著好看的牛仔褲，有的穿著剛好把膝蓋遮住的裙子，只是，那個有著一頭披肩長髮、穿著碎花裙的女生，她卻再也沒有出現過。

　　再後來，他已經很久都沒有去過那條街了，但總是會想起那條街、那棵樹，以及那場可以不用撐起傘的小雨。只是，他卻怎麼也想不起那個女生的樣子。

　　只記得，那一頭烏黑柔順的披肩長髮和那件天藍色的碎花裙。他想，那個女生也許把頭髮剪短了，也許她沒有再穿那件

碎花裙了。

他恍然間似乎明白了，原來，自己一直在找的，其實是雨中讓煩躁的他驚豔的那身碎花衣服，是他理想中女孩子的那一頭披肩長髮，而未必真的就是那個女孩子本人吧。

許多人大概都會有這種感覺：你會莫名其妙地喜歡一個人，也會莫名其妙地討厭一個人。你喜歡的那一個，不管別人眼中的她多麼不好，你依然喜歡她、維護她；至於你討厭的那一個，可能人品、長相、家世等都不差，但你就是看人家不順眼。

怎麼辦呢？只能說，這個世界上有種東西叫作「眼緣」。喜歡的，掩飾不了；討厭的，沒辦法敷衍。

世界上永遠沒有無緣無故的喜愛，只是，有些原因你不能明白，而我沒有坦白。或許，是相遇時恰好你笑了，或者，是你皺了一下眉，所以你來了，所以我愛了。

． ． ．

現在，有些剛滿二十五歲的女生竟然已經會感慨：我最大的悲劇，就是沒在最好的年齡把自己嫁出去。

想一想，這實在是讓人有點不寒而慄。

如果你的婚姻只是因為難敵悠悠眾口，只是因為害怕孤單，然後急急忙忙隨隨便便成立一個看起來門當戶對、實際讓你感到更加擔憂和孤獨的家庭，這到底會比單身好多少？

孤獨並不可怕，真正可怕的，是在你身邊躺著一個你不愛他、可能他也不太愛你的人，午夜夢迴，那種完完全全徹頭徹尾的孤獨。

我一直崇尚婚戀自由，認為關於愛情的一切不過是順其自然水到渠成的事情，世上其實只有好的愛情和壞的愛情，但是沒有早的愛情和晚的愛情。

好的愛情，十八歲開始可以，三十歲開始可以，四十、五十都可以，愛情其實與年齡無關。

「我愛你，因為你今年二十五歲。」── 這種觀點你難道不覺得非常奇怪嗎？

好的愛情，就是遇見一個互相認為對的人，然後彼此陪伴，一起好好地走下去。當然，即便萬一沒能一直走下去，也要好好道別說再見。

何況，愛情遠非人生的全部，也並非你是否有價值、有意義的判斷標準。人生如此漫長，如果要和一個無愛無趣的人生硬扯地過上一輩子，怎麼看都是一部荒誕的悲劇。

所以，其實沒有「剩女」，只有懂得去愛和不懂去愛的人，前者無論單身還是結婚都能感受得到幸福，後者即便結了婚，依然難以幸福。

一個愛人愛己的男人，大概不會去愛一個迫不及待想要嫁人，認為結婚之後就入駐了安穩的堡壘、從此高枕無憂的女人，男人也不會去愛一個自認為自己是「剩女」的女人。

如果自認為「剩女」，想想超市裡被挑剩的水果的命運吧，被想要撿便宜的人隨手拿去，絕對不會珍惜，或者和其他商品綁在一起，買一送一。難道，這會是你想要的嗎？

那些害怕自己被「剩下」而把自己隨便嫁出去的女人，說到底，就是沒有自信能夠理所應當得到幸福，沒有自信能夠把握自己身為女性的人生，沒有自信成為一個獨立的個體，沒有自信擁有把生活過好的能力。

這些沒自信會讓人「惡夢成真」，可能真的從此便與幸福無緣，從此無法掌控自己的命運，過著最糟糕的生活。

女人就應該驕傲地活著，不只女人，人人當如此。去愛自己，無論有無愛人，都要學會獨立自主，學會積極樂觀地面對生活，尋找自己的天賦，做自己想做的事，成為自己想要成為的人，不斷思考，不斷學習，賦予生命意義，努力去掌握自己

的命運。

　　這些，才是生而爲人，不負此生，也是人之所以爲人最吸引人的地方。

　　再年輕貌美、火辣性感的女人，也無法透過身體來長久地吸引一個男人，得到他全部的愛，但是一個優秀的女人，她的自信與優雅、溫柔與賢淑，讓她就像一本永遠也讀不完的書，一杯品不盡的茶，值得一個同樣優秀的男人傾其一生去閱讀、去感受。

　　這樣的女人，耐得住寂寞，經得起時間，她們內心豐盈，從未貧乏。年紀從來不是問題，她們從來不會覺得自己是個「剩女」，因爲永遠都會有人對她們怦然心動。

　　在生命的這條漫長的路上，太多的時候，我們在找、在追、在撞，經過了時間的洗禮，才發現，**愛其實就是一種遇見，無關等待，也不能準備。**

　　如果有一天，你想結婚了，我只希望，那是因爲愛情。

· · ·

　　渡邊淳一在《情人》裡說，女人在二十幾歲的時候會擔心自己嫁不出去，可是到了三十歲，一種女人的倔強便會油然而

生，或者說，她自己獨有的生活習慣已經根深蒂固，再想要改變，已經非常不容易了。

其實，這世上的人，哪有不怕孤獨的。在那些獨自加班回來的夜裡，自己一個人孤零零窩進沙發裡不想開燈的時候，內心一定會有個聲音對自己說：我不能再這樣下去了。

陳白露有一句名言：「好好地把一個情人逼成自己的丈夫，總覺得怪可惜似的。」而在亦舒那裡，這句話被轉述成了這樣：「好好的一個男人，把他逼成丈夫，總有點不忍。」

其實我想說的就是：同樣的道理，女人也是一樣。

說真的，一個女人要有多少的勇氣和多少的愛，才能不出去找朋友逛街、吃飯、喝茶、練瑜伽，而是願意站在廚房，把那一大堆油膩膩的碗全都給洗掉；才能不計畫出去旅行，而是願意把自己關進洗手間，把一家人的髒衣服、臭襪子全部統統洗乾淨？

請注意，是每天，每天！

當然，這世上有個永遠有效的法則，那就是一物換一物。

怎麼說？

單身的時候，你用一個人做飯必多、煲湯必剩、連咖哩和調味料都能放到過期，水電瓦斯哪裡有問題你只能一個人想辦

法去解決，前一天熬夜第二天早上睡到快遲到了也沒人叫醒，你要用種種的尷尬、用一切的兵荒馬亂，換來你可以一放假抬腿就走、無牽無掛去旅行。

換來你不用在想看場電影、想吃麻辣火鍋時，必須要顧慮對方有沒有時間、對電影類型的喜好，顧慮對方能不能吃辣。

換來你不用面對孩子哭鬧、老公晚歸、公婆太嘮叨，週末還有機會可以睡到日上三竿。

兩個人的時候，你像是被挾持著，用放棄一部分的自我，忍受對方大大小小的毛病，扛起更多的責任，去換來每天下班回家在樓下就可以看到屋裡亮著暖暖的燈光。

換來有人在離開你去外地出差的時候，傻傻對著手機裡存著的你們的合照想念。

換來父母每次一想到你的時候能更加安心，不用惦記胃不好的你就算是哪天半夜痛醒了也沒有人在身邊照顧。

換來你不必連下樓扔個垃圾、拿個快遞、買個優酪乳，都得提醒自己重要的事情得說三遍：帶好鑰匙、帶好鑰匙、帶好鑰匙！

當然，也有人說，一個人的獨處，遠勝過對另一個人的遷

就。而我只是想說，當你習慣孤獨，也許就是最大的孤獨了。所以，你還是應該試試有人陪伴，哪怕從做普通朋友開始。你給他機會，而他能給你化好妝出門的理由，能給你買新衣服、新鞋子、換髮型的動力，能讓你知道最近上映新電影裡哪一部是真的好看，能讓你去試一下最近新開的日本料理店。你的生活也許會開闊起來，而不是除了辦公室，就是宅在家。

說不定試過後會發現，兩個人在一起，你所得到的快樂，可以遠遠大過你所付出的遷就。

Good Night, Sleep Tight

你在哪個城市，哼著哪首情歌，
你換了怎樣的髮型，
你是在喝冰可樂還是熱咖啡，
你是在夜色中奔跑還是已經入眠……

我不知道你在哪裡，
卻堅定地相信，我終會遇到你，
陪我沉默看風景，陪我哼著老情歌。
你在哪裡都好，只要，你在等我。

那麼，晚安。

我的每一句再見，
都是最含蓄的告白

＃ 暗 戀

很多時候，
總要有人試著踏出去，
往前邁一步才行。

畢竟，我們都該明白，
暗戀是小孩子才會玩的把戲，
不是嗎？

願你愛上的人也最愛你，
你不必只是在心裡默默地對那個人說：
我愛你，與你無關，
所以，我且乾杯，你隨意。

她的手機解鎖密碼，是她的生日。

有一天，部門同事們出來聚餐，她在無意間拿錯了鄰座一個男同事的手機──兩人的手機恰好是同一個牌子、顏色和型號。可是當她下意識輸入了自己的密碼，居然成功解鎖了！而她也馬上就驚訝地發現了，手裡拿著的原來並不是自己的手機……

她滿臉疑問地轉過頭，看向他，欲言又止，而他的臉紅已經快紅到了耳朵。

他的目光沒有迎上她的，依舊停在自己手裡的筷子上，卻更像是在自言自語般溫柔地說：「密、密碼……其實，已經很久了……」平時一向口齒伶俐、愛講冷笑話的他，這時候竟然緊張到不知所措，語無倫次到有一點結結巴巴。

女孩安靜地笑了，他並不知道，她先前曾經悄悄告訴自己最要好的閨密，說自己好像喜歡上了公司裡的一個男孩，他講的冷笑話真的很好笑。最近，那男孩新換了手機，和她的是一樣的型號……

世上最美好的事無非就是，耳機音量剛好能蓋過外界雜訊，鬧鐘響起時你剛好自然醒，下雨天你剛好帶了傘，肚子餓了剛好可以下班吃飯，睏了剛好身邊有張舒適的床，你猶豫著

要不要傳訊息給他的那個人剛好打了電話給你，你喜歡上他的時候就發現，他剛好也喜歡你。

願你喜歡的人也最愛你，他當真欣賞你的熱忱，懂得你的認真，保護你的單純，看穿你的悲傷，包容你的一切。

有一天，他會當著所有人的面，自然大方地牽著你的手，你的朋友們無一不知道他的樣子，他的朋友們也都是一樣。他的床頭會有你隨手翻看的書，洗手台上他的漱口水旁邊放著你的粉底液，衣櫥裡整齊的西裝白襯衫中間夾著你的連身裙，車的副駕駛座位是你的專屬位置，連夜晚獨自窩在客廳的沙發上等他回來都成了最幸福的事。

最後，你們結婚了。

▪ ▪ ▪

我曾經認識一個女生，她暗戀著和自己同一個學院的學長，然後就悄悄用「正」字記錄著與學長見面的次數，一直記錄到他畢業離校。

為此，她加入他所在的社團，她報名參加他主持的藝文活動，她也會去他比較常去的圖書館自習室。到那位學長畢業的時候，兩年了，她的「正」字都寫到四十幾個了，但卻始終沒有

去表白，始終就是那樣不顯山、不露水地默默喜歡著。

也不是沒人問過女孩是否覺得遺憾，女孩沒有回答，就只是微微笑了笑。那笑容，乾淨又好看，好看得出奇。

我忽然想起當學長畢業以後，她在SNS上轉發過的一句話，她說：「我喜歡你」這句話，可以祕密一個人的一整個青春。但是，即使再怎麼遺憾，你心裡仍然該知道，這世上的所有巧合，不過都是另外一個人的用心而已，只是，不想懂的人永遠都不會懂。

嗯，的確。

可是這世界上也有另外一些人，明明知道表白成功的機率很低，失敗了就連朋友都做不成了，但他還是表白了，在他看來，喜歡誰這件事，千萬別拖，最好是你不藏著，我也不瞞著，又不是在演電視劇，把劇情拖得那麼長幹嘛啊，要虐出收視率嗎？

世上的很多事就是輸在一個「如果」上，其實，如果你肯再勇敢一點，或許你就真的會過著另外一種人生，又或者，那個人就真的跟你一路走下去了呢。

. . .

他大她一歲，小時候，兩家住得很近。

六歲的時候，他幫她揍了隔壁班欺負她的小男孩，咧著還帶著傷的嘴角說：「笨蛋，妳不要哭了，哥哥幫妳教訓他了。」他常常對別人自稱是她哥哥，而她卻怎麼也不肯叫他一次。

十二歲，他說，他不喜歡她的短頭髮，說太像個小男生。她撇撇嘴，一臉不屑，卻還是悄悄地蓄起了長髮。

十七歲，她拿著收到的情書，故意問他，覺得那個男孩子怎麼樣，還說那個男生塞給了她一只情侶戒指。他隨手拿了桌子上的易開罐，拔下拉環，霸道地往她手心一塞，一臉彆扭地告訴她，這個都比他那個什麼情侶戒指好看多了，什麼爛品味，還想追女孩。

她其實心中暗暗竊喜，當天就把戒指還了回去。

二十二歲，她大學畢業，舉家搬去了和他不同的城市。

二十六歲，她接到了他的電話 —— 他要結婚了。

婚禮上，她見到了他的新娘。

他向新娘介紹說，「這是我從小看著她長大的妹妹，多漂亮，我說得沒錯吧。」新娘說，好羨慕他們那麼多年的好交情。她只是笑笑，對他說：「好好對待人家，哥。」這是她第一次叫他哥。

婚禮快結束的時候，她悄悄地離場，請別人把一份禮物帶給他。

他站在新娘身邊，看著手心裡的那枚易開罐拉環，忽然紅了眼眶。

有段話說得太對：「荷爾蒙決定一見鍾情，多巴胺決定天長地久，腎上腺決定出不出手，自尊心決定誰先開口，最後，壽命和現實決定誰先離開，誰先走。」

有一種人，小時候把心裡話寫進日記，長大後把心裡話藏在草稿箱裡，從不肯輕易表露，所有的心事都說給自己一個人聽。於是，直到最後，那個終究還是沒能在一起的人，會變成一首歌，成了另一種天長地久。

世上有很多事，在別人眼中是大大的遺憾，就比如這種偷偷的喜歡。

但是話說回來，事後回想起來，這倒也未嘗不是過來人的慶幸。慶幸自己的生命中能有這樣一個可以一直偷偷喜歡的人，可以溫暖生命，可以以另外一種方式，保全一段美好的記憶。倘若真的勉強在一起，說不定世上就多了一對最熟悉的陌生人。

・・・

畢業以後進入社會的第一份工作，她做了五年。

她和他同公司、同部門，他是部門經理，她的上級主管。從剛進入公司的第一天算起到現在，她偷偷喜歡了他整整五年，而他和自己的女朋友在一起也已經五年了，感情一直不錯。最近，她聽見他說，他年底結婚。

她已打好報告，到月底，正好做完了手裡的案子，她就將離職。

從二十二歲到二十七歲，走過了生命裡最美好的五年，這段只有她一個人懂的故事，也是時候該畫上一個句號了。

這世上，有人為愛奮不顧身，有人將其藏匿一生。

你是天晴、是夜雨、是黎明、是夕陽，唯獨不是懷抱；你是天、是霧、是鳥、是酒館，唯獨不是歸宿。

你的手，是我不能觸及的傾城溫暖；我的心，是你不曾知曉的兵荒馬亂。

有時候，我們所遇到的愛和喜歡就是這樣，胸口有雷霆萬鈞，唇齒之間卻還是雲淡風輕。

愛上一個人會覺得，他是夜空中獨一無二的那個月亮。可

是，月亮總會有圓有缺，不會天天、永遠都掛在那裡啊，有一天它會消失，你會找不到它，你要怎麼辦？

有的人說，我們活在世上，什麼時候會在哪裡遇到誰，都是注定的。有的人，和你並肩做伴幾條街，走過一程之後就得轉彎，漸行漸遠。而有的人，卻注定能和你十指緊扣，漫步到最後。

誰都想自己的愛情花好月圓人長久，可其實，指路的往往都是星星，而非月亮。

所以，喜歡你的人抬起頭，自然能在天空中找到你，他會和你揮揮手，讓你知道他在哪個方向。

. . .

暗戀一個人，是什麼樣的感覺？

他是你的擇偶標準，但卻不可能是選項。

好想告訴他「我喜歡你」，但卻發現，他是聾子，你是啞巴。聽說了一些事，明明就是不相干，可還是會在心裡轉好幾個彎，想到他。

彷彿他在哪裡，陽光就在哪裡，想靠近他，又忍不住走遠。傻傻地徘徊在那樣一種安全而又讓人失落的距離裡，有時

難過，有時甜蜜，卻都是自己的內心戲。偶爾有他的眼神掠過，自己能在心裡解讀出上百個小故事。

終於有一個機會和他說了幾句話，就像荒景裡碰上了豐年，日日夜夜捧著那幾句話，顛來倒去地想著，非把那話裡的骨髓榨乾了才罷。

暗戀的壞處在於兩點：他不懂你的付出，你和他最終可能也沒有開始。而好處卻很多：他看不見你難過，他看不見你痛哭而透不過氣；他看不見你在日記裡空白處寫滿他的的名字；他看不見你用著炙熱的目光搜尋他；他看不見你忌妒到內傷的表情；他看不見你站在他背後心酸到落淚的模樣。

就因為他看不見，所以你不用怕。不用怕被拒絕，不用怕被排斥，這些好處你為什麼不用呢？雖然也有一個清楚而遙遠的聲音告訴你：這些好處和壞處相比，根本不值一提。到頭來絕對只是白費功夫。對於這些你也會點點頭附和：沒錯，但這樣很足夠了，夠了。

暗戀，只是一個人的獨角戲，因為害怕一旦說破就變成了悲劇。所以，暗戀也就成了一部最用心的默劇，任由它在自己心裡翻來覆去地演過一幕又一幕。

就像林夕曾經所說 —— 他可能沒有做過什麼，也可能不小

心做多了些什麼，卻害他無辜地被你愛了一場。

「對你來說我有多普通，對我來說你就有多特別。」

「你送我一片樹葉把玩，而我卻當成一座森林棲息。」

「除了你看我時，我都在看你。」

「在一場雨的時間裡，你沒看我，我沒看雨。」

「擦肩而過時假裝跟身邊的人談笑風生，可心思卻一點一點隨著餘光裡的你走了。」

暗戀時，所有這些事、這些心裡的臺詞，全都是只屬於你一個人的秘密，你怕他知道你喜歡他，又怕他不知道，更怕他知道了以後裝作不知道。

這種害怕，就好像面對一個夏日的泡沫，陽光下的絢麗，終抵不過一觸就破的命運。

回頭想想，多少有關暗戀的故事，儘管美好，但終究還是止於唇齒，掩於歲月。

暗戀最幸福的結果，是你暗戀的人也剛巧喜歡著你。但是很多時候，一場暗戀，可能只是感動了自己，最後還是無疾而終，任你再怎麼心疼、心碎、心酸，結果也只有一個人承受這所有的心思。

一場暗戀就像是一場戰爭，敵人和戰士都是自己。勝利和挫敗都只是我一個人的雀躍低落，而你是全世界的中心卻渾然不知。

撐到最後，暗戀都變成了一種自戀。那個對象只不過是一個軀殼，靈魂其實是我們自己塑造出的神。明白這件事之後難免突然一陣失落，原來，讓人害怕的，或許根本不是你從未喜歡過我，而是總有一天，我也會不再喜歡你。

有些話，是早說的好；有些話，是不說的好。人生總有無法不說謊的時候，也有無法不沉默的時候。有些話不說，就像有些秘密和心事只想埋藏在心底，自己一個人知道。藏起來又不會被蟲蛀，有什麼好怕的呢？說出了口，卻像出籠的鳥兒，追不回來了。

所以，那些最想說的話，藏在美夢裡，記在日記裡，躺在草稿箱裡。

可是，總要有人試著踏出去，往前邁一步才行啊。畢竟，我們都該明白，暗戀那只是小孩子才會玩的把戲，不是嗎？

或許，他也不想成為你心裡的秘密，喝醉後的囈語，清醒後的嘆息呢。

Good Night, Sleep Tight

有的愛情，不需要回報，
它只自己回答自己，自己滿足自己。
所以，暗戀就變成了
這個世界上最難解的題，
抓住幸福比忍耐痛苦更需要勇氣。

而你，一定能遇見那個人，
那個能讓你
不用再咬著牙逞強、憋著淚倔強的人。
到時候，請你一定勇敢一點。

那麼，晚安。

我和你的勇氣加起來，足夠對付這個世界

＃ 勇 氣

有的人放棄了愛情，
因為被愛情所傷；
有的人追求愛情，
因為渴望得到永恆。

在這些愛情的輪迴裡，
逆取者勝，
順守者敗。

愛情是爭取，而非等待。

連續三年，每到情人節，他都會收到來自同一個陌生號碼的祝福簡訊，上面只有短短五個字：情人節快樂。

他從來沒有回覆過。

第四年的情人節，那則簡訊沒有再出現。他猶豫很久，終於還是發了句「情人節快樂」給那個號碼。

竟然很快便有了答覆：謝謝，你哪位？

王家衛的電影裡說，不知道什麼時候開始，任何東西上都有了一個日期——沙丁魚會過期，罐頭會過期，就連保鮮紙都會過期。我開始懷疑，這個世界上沒有什麼是不會過期的。

你看，愛情也是有保存期限的，不會在原地等誰，一不小心，它便被時間帶走了，再也追不回。

愛情其實無藥可救，唯一的良藥就是越愛越深。所謂深，我們可以理解為溫暖深厚的感情，換言之，就是相依。

在愛情這件事上，遇到了就勇敢一點，總沒錯。

．．．

親愛的女孩，二十歲年紀的你，有著一張不需要保養品就白嫩光潔的臉蛋，穿上碎花裙就會像雛菊一樣清新，讓人聞得

到比綠茶香水還芳香的味道，這些是青春特有的氣息。

這時候的你，單純無瑕，你會期待，用飛蛾撲火的信念去愛一個人，覺得他好到值得你不計回報地去犧牲，去付出。

親愛的女孩，不是所有善良的人，在愛情裡都是好人。你可以把善良當作加分項目，但它絕不是判斷一個戀人是否合格的標準，他對待世界的那份體貼，未必就會用在你身上。

你所要做的，就是睜大眼睛，排除一切表面的虛幻，**看進這個人的內心，**是否騰出最溫柔的一個地方留給你，再不管不顧地付出也並不遲。

電影《這一刻，愛吧》中有這麼一段話：戀人未滿的關係中，就像快沸騰的水，98℃，將沸未沸。這樣或許會帶來模糊朦朧的美感，但時濃時淡、患得患失的無望愛情，久了，互相餵養的蜜糖也會變成有害身心的砒霜，但因為怕破壞了現有的關係而失去對方，大部分的人選擇在這時候冷卻下來。沒有沸騰的勇氣，愛情怎會有未來？

很多人的愛情都是這樣，永遠處在某部偶像劇中的男女主角「李大仁和程又青」的境界，就是不敢奢望自己能有一個和電視劇一樣的完美結局。

愛情如此，生活亦是如此。98℃的你，何時才能沸騰？

很多時候，我們自己就像是一杯98℃的水，就快要沸騰，這個時候差一點，水就要變成一種全新的狀態。

但我們似乎總在關鍵的時刻，卻決定停止燃燒加熱，自己就會冷卻下來。水還會是水，我們也還是原來的我們。

這個溫度的我們總怕燒乾了自己，不是缺少一點勇氣，就是缺少一份毅力，然後就讓自己僵在98℃，又不敢加熱，又不甘心冷卻，於是一直停滯不前。

如果因為害怕改變現狀而退卻，就永遠不能看到另一個自己，無法感受到重生的喜悅。但是一旦退卻下來之後，就感覺自己所有的努力都白費了，又不甘心。

就像查了很多資料之後，突然覺得某一篇文章真的不好寫，也喪失了興趣，就決定不寫了，但又不甘心浪費了那麼久的時間查資料。

就像我們談了幾年的戀愛後，因為某些原因分手了，但是又不甘心這幾年的付出全都化為烏有，所以不停地猶豫要不要挽回……

98℃的我們永遠處在一個最糾結的姿態，就像平衡遊戲中的小鋼球一樣，因為前方阻礙重重，一不小心就Game Over了，所以總是在一個安全的地帶徘徊。

於是，結果就是別人五局都已結束了，他還在原地徘徊。

所以，別害怕是否會燒傷、燒痛自己，就請把98℃的自己燒開吧，不經歷蛻變，怎麼變蝴蝶呢？

這只是當最後的2℃是你自己能夠補上的時候。很多時候，我們盡了最大的努力，但是水卻依舊不會沸騰。這個時候，那最後的2℃是運氣，是機遇，而我們把自己變得最好，也只是停留在98℃，想要讓自己沸騰，必須要等待一場東風，把火吹旺了，才能繼續持續加熱。

很多人說，不管你有多著急，或者你有多害怕，我們現在都不能一股腦地往前衝，衝出去也飛不起來的。現在的我們只需要靜靜地等風來。需要做的就是先分辨清楚，自己的最後2℃是缺在什麼地方，然後，在最適合的時刻去讓自己沸騰。

愛，是一件非專業的事情，不是本事，不是能力，不是技術，不是商品，不是演出。它是花木那樣的生長，有一份對光陰和季節的鍾情和執著。

一定要讓自己愛著點什麼，它可以讓我們變得堅韌、寬容、充盈。

Good Night, Sleep Tight

歲月還漫長，
你心地善良，
別怕，
總會有人入夜等你，下雨接你，
輕聲細語對你說出「我愛你」。

人生總有好運氣，
漂洋過海來看你。

那麼，晚安。

Part 02

用最舒適的樣子，
與你相遇

這世上的許多事情
都是無能為力、無法預期的
就比如說
不喜歡熬夜的他愛上了靜謐的黑夜
不喜歡苦澀的她愛上了咖啡
還有，不喜歡等待的我愛上了你

Part 2／用最舒適的樣子，與你相遇

你是我的禪，
秀色可「參」

你是從什麼時候開始喜歡我的？

我也不知道，
只是有一天，
突然看見你身邊的每個人
無論男女都像是情敵，
我就覺得，我大概是沒救了。

遇見喜歡的人，
就好似劫後餘生，
漂流過海，終見陸地。

A小姐和B先生談戀愛以後，B先生一直都沒有問過A小姐爲什麼喜歡他。有一次，他和A小姐旅遊歸來之後，他傳了他拍的兩人合照給A小姐。

A小姐說：「你知道嗎，和你在一起後，我每天都很快樂。」

B先生說：「謝謝，妳告訴了我我最想要的答案。」

其實，感情能有多複雜，能有多少的曲折離奇、悲歡離合？我們花了那麼久的時間去追去問，最後要的，不過是一個最簡單的答案。或許也會有矛盾和爭吵，但是希望不要有傷心和絕望；或許未來也會有許多的困難，但是我們還都充滿一起走下去的勇氣。

和一個人在一起，如果他給你的能量是讓你每天都能高興地起床，每夜都能安心地入睡，做每一件事都充滿了動力，對未來滿懷期待，那麼，你就沒有愛錯人。

最雋永的感情永遠都不是以愛的名義互相折磨，而是彼此欣賞，彼此陪伴，成爲對方的陽光。

「和你在一起，我很高興。」

這就是最浪漫、最動聽的情話了，沒有之一。

• • •

前段時間，SNS上一個女孩轉了一則文章，標題是〈最打動女人的十句浪漫情話〉，我好奇點開來看看，這些打動女人的話包括：

「陪伴，就是不管你需不需要，我一直都在。」

「你的腳一定很累了吧，因為，你在我腦海中已經跑了一整天了。」

「無論她有多大錯，她開始哭的一剎那就是我錯了。」

我不知道多少女孩會被這些看似浪漫的話輕易打動，甚至會因此迅速愛上對方。

不管需不需要都在，那可能不是陪伴，那是打擾；在別人腦海裡跑一天，那個「別人」也未免太無所事事、遊手好閒了；而哭，往往只是情感宣洩，無法產生太多的實際作用。

但是，從她轉發的這則文章，我突然明白了少女和熟女之間愛情觀的差異：

少女是聽覺動物，愛情對她們來說是「談」戀愛，言語表達具有決定性作用。

熟女是感覺動物，她們明白真正愛你的人沒空說很多愛你

的話，卻會做很多愛你的事。

　　就像有的人會說：「等我女兒長大了我會告訴她，一個男人，他嘴裡心疼妳擠公車，埋怨妳不按時吃飯，一直提醒妳少喝酒，傷身體，陰雨天在電話裡叮嚀妳下班回家注意安全，生病時發搞笑簡訊哄妳……這些東西其實大可不必太過理會。然後，跟那個下雨了會親自來接妳下班，病了陪妳照顧妳，吃飯帶著妳，甚至會跟妳說『什麼爛工作這麼累，我們不幹了，跟我回家，我養妳』的人在一起。」

　　很多女孩容易被甜言蜜語感動，但是，當你一旦經過了耳聽愛情的年紀就會知道，真正的浪漫不是手段，浪漫是能夠捨棄，是最必要的犧牲和讓步，而真正的愛情，從不停留在甜蜜的告白，而在於長情的體恤和疼愛。

　　那些只停留在口頭的關切和承諾，反而可能是最無意義的，也就只是說說而已，更何況，他今天可以對你說，以後就可以對另外一個人說。

　　人的精力有限，某一方面特別優秀，肯定會對應另一方面存在的缺點。

　　所以，我們常常看到太會說話的男人不太會做事，太會做事的男人沒有精力甜言蜜語，就像聰明的男人多少和「老實」不

太沾得上邊，而厚道的男人大多有點木訥不善言辭一樣。

假如你需要的是踏實可靠的男人，往往要容忍他敏於行短於言的弱點；而如果你喜歡聽漂亮話，就要接受這個男人的漂亮話不僅說給你一個人聽——大多數人都不具備讓才華錦衣夜行的低調，既然是個特長，總要炫一下，尤其是會說話的特長。而一個男人，有多少口才用來表達愛你，就有多少口才狡辯不愛你。

停留在口頭上的愛情，猶如遠距離的精神依賴，很容易在遇到現實的矛盾之後灰飛煙滅；而有執行力的愛情，是生活中無限靠近的相看，是細節磨合碰撞之後的體諒，也是現世瑣碎的分擔。

一九七三年五月，楊絳先生的女兒錢瑗在牛津出生，她的父親錢鍾書欣喜地接妻女出院，回到寓所，從來沒有做過任何家務的新手爸爸燉了雞湯，剝了碧綠的嫩蠶豆瓣，煮在湯裡，盛在碗裡，端給妻子吃。楊絳在後來的回憶錄裡提及，錢家的人若知道他們的「大阿官」能這般伺候產婦，不知該多麼驚奇。

真正的愛情，不就是行動的奇蹟嗎？別人眼裡不能做的事，到了她這，便一切都開了綠燈。

「鍾書病中，我只求比他多活一年。照顧人，男不如女。我盡力保養自己，爭求夫在先，妻在後，錯了次序就糟糕了。」

「鍾書走時，一眼未闔好，我附到他耳邊說：『你放心，有我呢！』媒體說我內心沉穩和強大。其實，鍾書逃走了，我也想逃走，但是逃到哪裡去呢？我壓根兒不能逃，得留在人世間，打掃現場，盡我應盡的責任。」

我們看過了太多輕飄飄的愛情，而一個能寫會說的經典才女的情誼，從來沒有停留在言辭上，她既有言語的濃烈，更有行為的厚度——甚至，正是在行為的支撐下，言語才濃烈得有厚度。

真正的愛情，向來不僅是說得好聽，看著浪漫，更是做得用心。

那天，我想了想，還是傳了訊息給那女孩：說的人只是動了嘴，聽的人卻動了心。

● ● ●

荷西問三毛：「妳想要一個賺多少錢的丈夫？」

三毛說：「看得不順眼的話，千萬富翁也不嫁；看得中意，億萬富翁也嫁。」

荷西：「說來說去，還是想嫁個有錢的。」

三毛看了荷西一眼：「也有例外。」

「那，要是嫁給我呢？」荷西問道。

三毛嘆了口氣：「要是你的話，只要夠吃飯的錢就夠了。」

「那，妳吃得多嗎？」荷西問。

三毛回答：「不多不多，以後還可以少吃點。」

傳說當中「因為愛情」的結合，大概就是這樣的吧。

在愛人眼裡，真正被愛的人，是綻放的丁香、帆船漁火、學校鈴聲，是山水風景、難以忘懷的談話，是朋友、孩子的生日、消逝的聲音、最心愛的衣服，是秋天和所有的季節，是回憶。

這一切一切的回憶，便是我們賴以生存的水土。

· · ·

時間是個有趣的過程，你永遠不知道它會在何時何地以什麼樣的方式去改變你。

比方說，曾經不喜歡的食物、不喜歡的酒、不喜歡的書或不喜歡的人，後來有一天，卻喜歡上了。

曾經覺得不好喝的酒，或許是當時還沒有到好的年份，或許是那時候還不懂得它的好。

　　它就像你買了回來，隨手翻了幾頁，覺得不好看擱在一邊的一本書。若干年後，你無意中再拿起來看，卻驚為天人，恨自己當時錯過了這麼好的一本書。

　　而其實，你並沒有錯過。

　　這就像兩個人的相遇，沒有早一步，也沒有遲一步，於茫茫的天地間，於無涯的時光裡，就是這一刻。只是，相遇和相愛之前，我們都要經歷一個過程。

　　時間也是覺醒，曾經解不開的奧秘，曾經想不通的事情，曾經不懂的心，後來有一天，終於明白了。

　　比方說，年紀小的時候，我們嚮往的浪漫是擁有，擁有一個很愛自己的人，擁有一段刻骨銘心的愛情。後來，我們渴望擁有更多，除了承諾和約定，還有一起追逐的夢想。

　　後來的後來，我們希望所有美好的東西都能夠永遠擁有。然後有一天，我們幡然醒悟，捨棄一部分的自由和習慣，去交換一份安穩和陪伴。

　　我們每個人的愛情、親情大多都生長在平淡至極的日常裡，具體一點說，就如同龍應台所形容的那樣，幸福，就是早

上揮手說「再見」的人，晚上又平平常常地回來了，書包丟在同一個角落，臭球鞋塞在同一張椅子下。

其實，相看生厭不是很正常的嗎？沒有人會永遠保持最初的熱情和風度。而且，庸常的日子本來就是這副模樣，你們要賺錢、養家、爭吵、和好，上孝父母，下教子女。

在柴米油鹽的瑣事當中，真的是「短暫的總是浪漫，漫長終會不滿，燒完美好青春換一個老伴」，而你總要把過程當中的這些那些都經受住了，將來才會有資格和後來人好好談一談人生，談一談你所走過的這些年。

紅塵來去，闌珊繁華。人生奔流不息的長河之中，總會有那麼一個人，從遙遠的彼岸涉水而來。在不知不覺的一刹那，悄然淌入心扉之中。至此，刻骨銘心，歲月苦短。素年流錦，萬千情長。

從此，愛不需要轟轟烈烈，只需要相濡以沫、執手到老；愛不需要奢華瓊宇，只需要面朝大海、春暖花開；愛不需要山珍海味，只需要珍惜彼此、甘苦與共。

愛，本就是最簡單的幸福。

愛情的意義不一定是俊男配美女、王子配公主，那些真正經得起時間消磨和侵蝕的愛情，一定會讓你知道，原來，當你

們放下防備以後的這些那些，才是考驗，才有意義。

　　為什麼從前沒有這種智慧？為什麼從前不了解浪漫？

　　別恨自己，那時候，你還不懂得。

Good Night, Sleep Tight

你覺得哪句話、哪件事情浪漫，
可能也只是因為說這話、做這事的人。
不過，
時間一定會篩選出最重要的，
再浪漫、再激情，終究要回歸本源。

人生很多時候，
重要的不是什麼都擁有，
而是你想要的恰好就在身邊。

那麼，晚安。

＃ 選擇

喜歡是願賭，
愛是服輸

去見你喜歡的人，
去做你想做的事，
就把這些當成你青春裡最後的任性。

但在此之前，
也請先別急著掏心掏肺。
總要先冷靜下來，
觀察看看對方到底是人還是鬼。

不知道是從什麼時候開始，「愛不將就」變成了無數單身男女掛在嘴邊的豪言壯語，而「我愛你，與你無關」這句話，則成為單戀者的一句至理名言。

　　S君就是典型的「愛不將就」宣揚者，用他的話說：「我就只有一個一輩子，可不想和誰將就。」這裡的誰，就是那個追了S君四年的傻丫頭——A。

　　S君是典型的牡羊男，各方面條件都還不錯，自我意識超強，在人群中屬於領袖人物的那種。而A是那種平凡普通中帶了點迷糊型的女孩。

　　看到這裡，你以為我要講一個「入江直樹與相原琴子」的童話故事，No、No、No，今天的主題是——看看身邊那些所謂的「將就」的愛。

　　A剛認識S君的時候身材還微胖，是一個總是很迷糊的微胖女孩。

　　女孩說，剛來學校的時候經常會迷路，有一次去學校附近的公園玩走丟了，轉了好幾圈，天都黑了還沒走出去，手機也沒電了，就在絕望得都快哭出來的時候，S君出現了，帶她回到了學校，還送到了宿舍樓下。那一刻，她就認定S君是她的真命

天子。

　　就是那天，S君回來得蠻晚，我們聽他吐槽了一晚上。他說，回來的途中莫名其妙地遇到個路痴妹子纏著問路，眼看著就要哭了，自己就只好順便帶她回學校。誰知道她竟然連自己的宿舍大樓都找不到，害得S君又將她送到了宿舍樓下，結果被累得個半死。

　　就這樣，A開始了漫長而又艱辛的追逐，伴隨著無數的不看好，A從夏天追到了冬天，又從冬天追到了夏天……

　　和許多女孩一樣，A會找各種看似巧妙的理由接近S君，想和S君多一點交集，參加社團、送水、織圍巾、送各種節日禮物……我們經常看到A在我們的生活裡晃蕩，就好像是我們的哥們兒。

　　愛情的力量是強大的，強大到讓人想像不出來，這點我是真的見識過。

　　不知道從什麼時候開始，晃蕩在我們面前的那個微胖妹好像變了，白了一點，瘦了一點，頭髮長了一點，穿衣搭配的品味不賴，也化起了舒服的淡妝，稱不上是女神，但遠遠走過來卻也能讓你想多看幾眼。

　　「不喜歡就是不喜歡，變漂亮了也不喜歡。既然不喜歡就不理，不然，多說一句都是暗示。」

S君依然就是如此冥頑不靈。

那天社團聚餐，我們被幾個新人灌得爛醉，S君也不例外。

談到了A，S君說，難道只有追的人才懂得世故冷暖，而被追的人就都是沒心沒肺的怪物？你們所有人都勸我，說她對我那麼好，我為什麼不能愛她？

我有時覺得，這就像有人拿把刀抵著自己的脖子，一邊露出無比渴望的眼神等著你來救，一邊說「跟你沒有關係，是我自己的選擇，你不用考慮我」。你們懂這種感受嗎？就算在一起也是將就，或者一時感動，以後也會分手。

S君說這些話的時候，A正好全都聽到，我們都尷尬得不說話，S君也將目光移向窗外，A轉過身，出去了。

後來，A很少再出現在我們周遭了。偶爾在學校裡碰到A，我們會覺得尷尬，可A卻還是像以前一樣熱情，好像她是我們的哥兒們。

後來，我們都畢業了，S君和A的事漸漸淡出我們的生活。

再後來，我們聽說A報考了S君所在城市的研究所，但是落榜了。

再後來，就沒有了消息。

過了很久，S君在SNS上曬出了一組號稱是跟女朋友的合

照，點開一看，那不是A嗎？她更漂亮了，更自信了，兩個人笑得幸福甜蜜。幾個哥兒們立刻在群組裡一番轟炸，S君只是不斷跟我們說起她：

「她其實很有趣，以前真的是我搞得太尷尬了。」

「她原來有這麼多的愛好。」

「她比我想像得膽子要大得多。」

「她只是偶爾有點小迷糊，其實很懂事，很會照顧人。」

「她有自己的事情，根本不會天天纏著我。」

具體怎麼在一起的，S君沒有跟我們講，只知道A悄悄地來到了S君的城市，背井離鄉，無親無故，這個瘦瘦小小的女孩子默默地承受了多少，我們誰都不知道。

S君說，最開始，他只覺得她讓自己很踏實、很安心，後來不知道什麼時候開始，越來越喜歡她。真慶幸她當初的勇氣，還有，她最終也沒有放棄他。

． ． ．

我們總是說，要在對的時間遇上對的人，然後擁有對的愛情。

你喜歡我的時候，我正好也喜歡你。

如果世上的愛情真都那麼剛剛好，那也就不需要「追求」、「磨合」等等詞彙了。

　　很多時候，遇見一個合適的人並不難，只是，我們想遇見的並不是人，而是其他的東西，有的人想要財富，有的人想要美貌，而這些其實也都無可厚非。

　　有人把愛情比作一場賭局，誰先認真誰就輸了。可是很多時候，所謂的「將就」，不過是一開始就抱著一種「被追求」者的優越心態，去看待對方的用心和付出。

　　何況，這個世界越來越浮躁，我們的時間和精力都很寶貴，我們都很看得開，都知道天涯何處無芳草，也不必去做孤注一擲的執著傻事。

　　試想，如果真有那麼一個人，視你如生命，能夠一日勝過一日地對你好，對你的親人和朋友周全禮貌，一直在你身邊不離不棄，願意並能一直努力朝著你所想要的被愛的方式去調整，那麼，這份愛或許就值得你去「將就」──畢竟，愛情也需要給彼此機會。

　　有人說，再理性的女人也是感性的，再感性的男人也是理性的，尤其在面對情感甚至婚姻選擇的時候。浪漫只是種情懷，但最終都會順從於現實。

　　很多時候，那看似無奈的所謂將就，也許就是剛好，剛好

適合。

．．．

　　上學的時候曾有過一次對話，當時一個男生剛跟我表白，然後室友問我「妳答應他了沒？」

　　我說：「沒有啊。」

　　室友說：「爲什麼？」

　　我說：「不喜歡他呀。」

　　室友說：「那妳討厭他嗎？」

　　我說：「也算不上討厭吧。」

　　室友說：「那爲什麼不試試看啊？」

　　我徹底震驚了：「難道不是考慮喜不喜歡，喜歡的才會答應嗎？」

　　室友說：「他喜歡妳的同時妳又剛好喜歡他，哪有那麼好的事，很多感情都是慢慢培養起來的，妳給別人一次機會，有時會發現，那個妳一開始就不喜歡的人，其實正是妳喜歡的樣子，而有些妳很喜歡的人，其實並不那麼適合妳。」

　　我發現我其實找不到可以反駁室友的地方，只好用「我雖然不知道自己喜歡什麼，但清楚自己不喜歡什麼」之類的話來結束

對話。

現在，室友已經建立了一個小家庭，老公是單眼皮、小眼睛，愛笑、善良、熱情。

室友說，初見她老公時心想「他長得有一點醜……不過說話真的還蠻幽默的，先認識看看吧。」現在的她很幸福，先生對她很好，很愛他，當然，她也愛他。

我常常在想，所謂的「寧缺毋濫」和「將就」，關於這兩種愛情觀哪個對哪個錯，大概永遠都沒有答案。

就像你身邊一位傲嬌的女神級朋友最近戀愛了，在一次聚會上，你見到了她男友──普普通通的上班族，戴著一副眼鏡，高高瘦瘦、斯斯文文。

女神說：「什麼是愛？什麼是來電？我以為一開始我將就了，這些事情會很快結束，沒想到，後來竟漸漸喜歡上他，他身上其實真的有很多優點。」

女神笑了：「你知道，他有五百塊會捨得給我四百八十塊，留著二十塊錢──如果萬一我渴了，他一定會隨時拿出來再買瓶水給我……」

這個世界上，哪有十全十美的愛情，所謂的「完美」，並不是你遇見的哪一個具體的人，而是你能否試著，把彼此之間的

這段叫作「愛情」的關係變得舒服、完美。

　　所以，想要遇見一個合適的、對的人究竟有多難？對於「室友們」來說，簡單，對於另外一些人來說，很難。

　　如果真的遇見了，有人感覺至上、寧缺毋濫，也有人願意多給對方一點機會；有人選擇大聲表白，也有人選擇暗自關懷。關於愛情的方式、標準、原則永遠都有千千萬萬種，所謂「吾之砒霜，彼之蜜糖」，一個女人的青蛙，也許就是另一個女人的王子。

　　能檢驗他們適合與否的，只有時間。

. . .

　　記得大學時代，幾個閨密聚在一起閒聊，每每說到自己喜歡的男生類型，總是很興奮。

　　有的說，喜歡高高瘦瘦的，身高必須最少一百八；

　　有的說，喜歡乾乾淨淨，還會打籃球的；

　　有的說，絕對不要戴眼鏡的；

　　還有的說，絕不能接受比自己年紀小的。

　　結果，現在我們身邊的那個他，竟然都不是自己當初所描

述的那樣。

什麼擇偶條件，什麼理想情人，真的愛上一個人的時候你會發現，其實戴眼鏡的也很好，比你稍微稍微小那麼一點又有什麼關係呢？那些信誓旦旦的條件早就被丟到九霄雲外了，現在的他才是唯一標準。

愛情這兩個字，永遠都沒有一個既定的標準和固定的模樣，每個人、不同時代的愛情觀也都是不一樣的，你所欣賞的、適合的方式，未必就適合別人。

很多人都說，愛情像是一場賭博，賭注有大有小，賠率也有高有低，但實際上，我們都是拿出了自己的運氣、時間、青春甚至一輩子在賭，賭自己的選擇沒有錯，賭那個萬一實現了的天長地久。

莉莉是我最好的閨密之一，在大城市長大、生活。曾經我們一起追過星、翹過課，現在和我一樣，是一個普通的上班族，長得還算可以吧，經歷過青春懵懂的愛情，也被安排相過幾次親，但卻始終沒有一個人能走進她生命裡。轉眼之間，身邊的朋友都先後結婚了，她倒也不著急，始終抱著寧缺毋濫的心態，直到遇見了他。

小志，一個來自外地小鄉鎮的大男孩，大學畢業後留在大

城市工作。爲人低調靦腆，從來沒談過戀愛，比莉莉還小一歲，瘦瘦高高的，戴著一副邊框眼鏡，給人的感覺是那種很陽光、很舒服的暖男。

兩人在同一家公司上班，在部門輪調的時候才漸漸熟識起來。當時，周圍的人常會起鬨他們倆「在一起，在一起」，結果，兩個人竟然真的就在一起了。

小志說：「她就是我曾經對女朋友的所有想像。」

莉莉說：「遇見他，是我花光了這輩子所有的好運氣換來的。」

然而一個月之後，小志辭職了 —— 爲了實現他的騎車旅行夢想。

莉莉雖然一百個不願意、不放心，可還是讓他去了，她說她不想阻止他實現夢想。

臨行前，莉莉買了一大堆藥品、日用品和她覺得能用得上的東西，讓小志隨身帶著。

其實，大家都不太看好這段感情，認爲他們維持不了多久。畢竟一個是在大城市長大的女生，一個是可以說沒錢沒房，又辭了工作的外地小夥子，怎麼想也不太會有圓滿結果。

事實上，他們的感情並沒有因此減淡，從小志走的第一天

開始，莉莉就每天寫一封信給他，她說等他回來，要他一封封地回。

小志也隨時和莉莉保持聯繫，到了晚上他會經常更新他的騎行日誌，莉莉總是第一個留言——和從前一樣。

小志騎車經過麗江的時候，莉莉請了假買好了機票飛過去找他，那是她第一次一個人出遠門。

我們都以為她大概瘋了。在麗江，莉莉陪小志待了四天，然後又一個人坐著大半夜的紅眼航班飛回來，而小志則繼續向西藏方向前進。

直到莉莉寫完了第八十封信，小志回來了，比預期的時間整整晚了一個月。

在車站，小志給了莉莉一個很長的擁抱，就好像他們從未分開過一樣。

後來，小志重新找到了穩定的工作，而每當聊到他，莉莉眼睛裡總閃著幸福的光芒。

我們都會笑她說：「都一年多了，你們還天天黏在一起，不膩嗎？」莉莉滿臉幸福地說：「怎麼會，喜歡一個人不就是想天天見到他，和他在一起嗎？」

後來，我在小志的口中也得到了相同的答案。每天一張合

照，已經成了他們的習慣。

小志會說：「一定是我上輩子積了太多福，這輩子才有機會遇見她。」

莉莉會說：「一定是我上輩子欠了他太多債，這輩子才會愛他愛得這麼深。」

原來，一切都是上帝最好的安排。

．．．

關於「我愛你」這句話，有多少種方式讓你知道？

村上春樹說，如果我愛你，而你也正巧愛我。你頭髮亂了的時候，我會笑笑，替你撥一撥，然後，手還留戀地在你髮上多待幾秒。但是，如果我愛你，而你不巧地不愛我。你頭髮亂了，我只會輕輕地告訴你，你頭髮亂了喔。

《紅樓夢》裡說，一僧一道告誡靈性已通凡心正熾的靈石：「凡間之事，美中不足，好事多磨，樂極悲生，人非物換，到頭一夢，萬境歸空，你還去嗎？」頑石曰：「我要去。」

《小王子》裡說，如果你說你在下午四點來，從三點鐘開始，我就開始感覺很快樂，時間越臨近，我就越感到快樂。

顧城說，草在結它的種子，風在搖它的葉子，我們站著，

不說話，就十分美好。

　　木心說，從前的日色變得慢，車、馬、郵件都慢，一生只夠愛一個人。

　　馬頔說，任何爲人稱道的美麗，不及他第一次遇見你。

　　塞林格說，有人認爲愛是性，是婚姻，是清晨六點的吻，是一堆孩子。也許眞是這樣的，但你知道我怎麼想嗎？我覺得愛是想觸碰卻又收回的手。

　　《挪威的森林》裡說：「我喜歡你。」

　　「什麼程度？」

　　「像喜歡春天的熊一樣。」

　　「春天的熊？什麼春天的熊？」

　　「春天的原野裡，你一個人正走著，對面過來一隻可愛的小熊，渾身的毛活像天鵝絨，眼睛圓鼓鼓的。牠對你說道：『你好，小姐，和我一塊打滾玩耍好嗎？』接著，你就和小熊抱在一起，順著長滿三葉草的山坡『咕嚕咕嚕』滾下去，玩了整整一天。你說，棒不棒？」

　　「太棒了！」

　　「我就是這麼喜歡你。」

　　愛情和愛情不一樣，她愛上他，可能是因爲他有房有車，

而我愛上你，也可能僅僅只是因為那天下午陽光很好，而你，恰巧穿了一件我喜歡的白襯衫。

很多時候，愛上了，就是愛上了，從此，你的眼裡有春有秋，勝過我看過愛過的一切山川河流。

Good Night, Sleep Tight

能夠拴牢一個人的，
未必是愛情，而是呵護。
享受別人的照顧，的確是會上癮的。

這就是為什麼，
「愛你的」總能打敗「你愛的」，
因為人性的需求本質上是一樣的：

我們孤單地來到這個世界上，
都是為了找到一個人，能對自己好。

那麼，晚安。

沒有軟肋，
也不需要鎧甲

願你的世界
能因為某個人的出現而豐盈，
願你的生活如同賀卡上
燙金的祝詞般閃亮，
願這悠長的歲月溫柔安好，
有回憶煮酒。

願你沒有軟肋，
也不需要鎧甲，
願我們都能和最愛的人一起，
浪費人生。

你曾遇到過這樣的人吧？不過就是一通電話沒接，就要被質疑半天：

你去哪裡了？

和誰在一起？

你為什麼不接電話？

你是不是有事情瞞著我？

你是不是不夠愛我？

一大堆劈頭蓋臉的質疑砸下來，搞得人連好好解釋的心情都沒了，一股酸楚、委屈襲上心頭，湧到嘴邊的話最終只變成一句：隨便你。

這一句話更是不得了，對方的火藥庫被瞬間引爆……

這種「神經兮兮」的表現，均可視為把愛情當空氣，一旦沒有了就無法呼吸的類型。在他們的生命中，愛情就是全部，你就是愛情，所以，你就是全部。你的一舉一動都會影響到他們的心情。影響到他們心情的結果，就是把你當作情緒宣洩的對象。最終，本該愉悅的感情，變成了彼此的壓力，直至崩塌。

相比之下，這個女生倒像是另一個比較極端的例子。

如果沒什麼事，她基本上從來都不會頻繁地主動傳訊息、打電話給她男朋友，有人忍不住問她究竟是怎麼想的，她一

笑，說：「他如果不忙，就會和我聯絡。他如果正在忙，我打擾他幹什麼？他如果不忙也不和我聯絡，那你說，我幹嘛還聯絡他呢？」

和前一種相比，這樣的做法顯得頗為另類，但卻是我所聽過的最淡定的回答。

太多時候，我們忘記了怎樣去疼愛一個人，以為滿足對方想要的就是愛，以為傾盡所有的才算是真心。其實，那些被打動、被溫暖的，卻是看不見的陪伴和最多的理解與包容。

舒服的愛情大都是相處時就好好享受愛，分開時就專心做自己的事，不會因為一次電話不接就大動肝火。總要給雙方都留出來一點空間，要不然，該怎麼更加思念呢？

愛情永遠不是人生的全部，你有自己要打拚的事業，你要變得更好、更美、更成熟，要做到這些，哪還有時間疑神疑鬼、寸步不離？

. . .

在什麼時刻，你開始覺得身邊特別需要一個男人？

「大學開學，提著行李回學校，重得幾乎提不動，卻沒人伸出援手的時候。」

這是C小姐的答案。

她記得有一次開學，下火車時早已是天黑，風雨交加的，她提著碩大的行李箱，一步一挪費勁地往前走。一個年輕人從後面走過來，非常友善地說「還是我幫妳吧」，然後面帶微笑地接過她的箱子。本來她還正打算和他說謝謝，可他開始健步如飛地前行，然後變成快跑，然後就上了另一個人的車，再變成一個小黑點，只剩下了風中凌亂的她——箱子就這麼沒了。

她一路哭著回了學校。

畢業之後，C小姐開始上班，她有了一個男朋友，理工男，平時不太修邊幅，說話有些粗魯，經常兩三天都不洗臉，有點像個野蠻人，更別提浪漫不浪漫了。

C小姐無意間跟他講過自己曾經行李箱被搶、一路哭回學校的故事，男友當時正拿著一個蘋果，洗都沒洗就狂啃，一邊吃一邊跟她下令：「以後妳出門，不管多晚，就算是半夜，都打電話給我，我接送妳去機場，不要一個人提著行李在街上瞎晃，還真當自己是大力水手了……」

男友確實做到了，每次C小姐出差從外地回來，男友都特地開車到機場來接她，送她回住處之後，再回自己距離一小時路程的家。C小姐覺得他這樣太累了，說自己搭計程車就好了，

別這麼麻煩，男友反嗆她：妳這是什麼價值觀？找男友不就是爲了麻煩他的嗎？難道妳還想去麻煩別的男人？

C小姐乖乖地閉嘴就是了。

去年年初，男友被調到外地分公司，當時他本來想辭職來C小姐的城市算了，但公司開的薪水實在誘人。他跟C小姐商量說，他現在手頭有了些存款，去外地工作兩年，存夠了頭期款他就來找她，兩人買房結婚。

C小姐考慮了一下，結果當然是同意了 —— 跟錢過不去，他們是傻了嗎？

C小姐每天搭公車上班，不知道是因爲人太擠，還是因爲她長得太柔弱可愛，連續幾次都遇到公車色狼想接近她，她拿皮包擋對方，對方還很兇悍。這事她不敢告訴男友。

於是，她千辛萬苦考到駕照，買了輛車。開車第一天，她非常小心，因爲加班到晚上十一點，天色已經很黑了，一路無事。好不容易開到社區的地下停車場，結果因爲停車場地形太複雜，還是一頭就撞上了牆壁，車前面撞得稀巴爛，還撞到自己的頭，恍惚了幾分鐘才清醒過來。

這次她真的嚇壞了，大半夜的，停車場一個人都沒有，她也不知道該找誰來。情急之下打電話給男友時，聲音都在發

抖。

這個平常她總覺得有些粗魯的男友，當時說話卻很溫柔，要她別著急。然後，他打電話叫自己就住在C小姐家附近的哥兒們，趕快送C小姐去醫院檢查。還好，沒有大礙。

那一夜男友根本都沒睡，在電話那頭一直關注她的情況，直到她睡著。第二天上午他就趕回來，搭最早一班飛機。鬍子沒刮，頭髮亂蓬蓬的，連行李都沒來得及帶。

男友說：「算了，我還是辭職來這找工作吧，去他的年薪。萬一妳出什麼事，我還買什麼房，結什麼婚啊。」

我們大概都會遇到這樣的女孩，她們打從心裡對愛情有一種很美好的信仰，她喜歡你，願意和你在一起，就真的是想在一起一輩子的那一種，相較於很多體貼和浪漫，她們更在乎的，其實是對方有沒有一份同樣堅定且珍惜的心。

其實有時候，愛情成立的原因很簡單，他若愛你，在你最需要的時候，他一定會陪在你身邊。而所謂真正完美的愛情，其實也只是陪伴的時間夠久，直到最後，不離開。

■ ■ ■

在愛情唯美的國度裡，總會有一個主角一個配角，累的永遠是主角，傷的永遠是配角。如果一個人真的充滿了愛，那麼他的愛不僅能夠滋潤自己，也更應該能夠滋養別人。

愛情是需要回饋的，你說愛他，他又傳回來，這才是真正的愛情。把愛情交給懂得珍惜你的人吧，只有這樣，人生才不會充滿荒謬。愛你而不用抓住你，欣賞你而不須批判你，和你一起參與而不強求你，幫助你而沒有半點看低你，那麼，你們的相處就是真誠的。

在這個世界上，真的存在一種愛情，沒有撕心裂肺的痛，沒有你來我往布滿荊棘的試探，更沒有「你若分手，我便殉情」的慘烈。這種愛，讓你感覺安心、踏實、不糾結，它不會讓你患得患失，或者妄自菲薄。

這樣一份好愛情，就像一鍋好湯，是養人的，給你從身到心的體貼和照顧，讓你越來越有自信，氣質越來越美好，如歲月醞釀的美酒。你的腰身越來越豐潤，笑紋也悄悄地加深，但別人就是覺得你越來越美麗，周身散發著令人愉悅的正能量。

任何一份讓你覺得不安，有窒息感的愛情，大都不是一份健康、良好的愛情。那些被愛所重傷的痛，值得銘記，卻未必值得堅守。

判斷一份愛情的好壞很簡單。你的嘴角是不是經常流露出如春風拂面的笑容？你能否愉快地接受一個非常眞實的自己？不論走到哪裡，你是不是都知道自己的心在何處？

　　如果答案都是肯定的，那麼，這就是一份眞正的好愛情的模樣。

Good Night, Sleep Tight

倘若翻山越嶺，你就是最美的風景；
倘若沉入海底，你就是最美的珊瑚。
別怕萬水千山阻隔，
往前走，就是千水百山。

你從陽光裡來，我到雨裡去，
我相信往前走會遇見令我一生歡喜的你，
有生年月，
不會辜負我們拿生命去兌換的愛。

那麼，晚安。

Part 2／用最舒適的樣子，與你相遇

動心以後，
付出即是償還

別讓時間化為荒蕪之地，
在屬於你的畫面裡，
種植花草，擺放藤椅，開闢車道。

影子浮動雨後的街道，
抬手觸碰綠色，
遠山拉起皺紋。
無論哪個月臺，
位置都是剛剛好。

世上沒有什麼能永垂不朽，
但我想盡量伴你不走。

他是我的小學同學，故事說起來，簡單而且狗血。

剛上大學時，多年不曾聯繫的這位小學同學聯繫到了我。在簡單寒暄幾句，了解近況之後，他向我坦言，多年以來，一直對我們小學班上一位個子小巧的女生念念不忘。他知道，那個女生後來和我讀的是同一所高中，所以希望透過我，打聽到她的聯繫方式。

聽到他的話，我頗為震驚。

自小學畢業，他們倆便不在同一個學校，誰會想到，他居然到今天都還念念不忘。我一想，也好，假如你需要的話，那我就不妨試一試。

後來，我竟然真的向一個熟識的同學打聽到女孩的手機號碼，同時叮嚀他循序漸進，不要直奔主題。然而多年累積的感情一下子爆發，大概是注定無法抑制的。幾天之後他便跟女生表白，然後又意料之中地被拒絕。

他傳訊息告訴我自己被拒絕的消息，然後便默然不語。我看著手機螢幕，在心中暗想：假如這能了卻你一椿心事的話，便值得你今日的悲傷。

你看，這故事像極了被人吐槽的偶像劇吧？男生自小喜歡一個女生，直到長大以後也念念不忘，輾轉找到女生之後終於鼓

起勇氣表白，卻被拒絕了。

而事實上，男生真的是喜歡這個女生嗎？倒也未必。

他們自小學畢業之後便很少接觸，國中三年，高中三年，整整六年之中，變了的不僅僅是我們的身形和容顏，更是我們內心裡那個真正的自己。顧曼楨的那句「我們回不去了」，難道不是我們的人生寫照？

所以，那個男生心裡所喜歡的，或者只是當年那個女生所留給他的印象，甚至於他可能只是被自己這種多年如一日，暗暗喜歡一個人的堅定所感動，喜歡那個了不起的自己。

其實這樣的人又豈止是他一個呢？

就像大學畢業時候的你我他，自己身邊有一個女朋友，她喜歡你最討厭的「沒營養」的娛樂節目和韓劇，她也對你喜歡攝影和旅行嗤之以鼻；她喜歡大城市的熱鬧與繁華，你卻一心想要回到安靜的小城鎮去過簡單的生活；她在意別人的眼光，而你最不喜歡的就是比較。

難道，當時的你不知道她不是那個適合你的女生嗎？你當然知道，但是當時的你認為你愛她，你能夠做一個出色的男朋友，所以，你容忍她的一切，你陪她一起看綜藝節目；因為她不喜歡、不理解，你放棄攝影和多年夢想的川藏線之旅。

直到有一天猛然醒悟：**我做這些，到底是爲了感動她還是爲了感動自己？**

於是分手，永遠不再聯繫。

現在你有了新女友，她同樣喜歡看韓劇，但是卻從不會逼你跟她一起看。

她同樣會發小脾氣，但是卻從來不會說太過分的話。

在她面前，開心的時候你可以放聲大笑，失落的時候你可以一言不發。

你同樣寵著她，在她發脾氣的時候哄著她，但是，當對她有所不滿的時候，你也可以放心地提出來。

有人說，動心之後，付出即是償還。

愛一個人，當然意味著付出，意味著給予。但是，這些付出究竟是爲了感動對方，還是爲了感動自己？假如你的付出僅僅是爲了感動自己，那麼我想，那便是世界上最壞的愛情。

因爲一旦你試著感動自己，那麼你就必然付出十二分的努力來壓榨自己，投入120%的精力，來做許多煽情而辛苦的事，這樣一來，不僅你自己會覺得累，你的熱情留給對方的也只有壓力，讓對方迫不及待地想要逃離。

年輕的時候，我們認為，所謂愛一個人，就是無怨無悔地付出。可到後來，我們才明白，倘若真的做到這一點，才是對這段關係最大的傷害。

愛，是相互的，更是相互滋養的過程。只有相互滋養的愛，才能持久。

願這世上所有人的愛情，都能給自己帶來快樂，同時感動對方，因為只有讓自己體會到快樂的愛情，才是完滿的愛情。

■ ■ ■

王爾德曾經寫過一篇童話，名字叫《夜鶯與玫瑰》。

女孩答應男孩，如果能送她一些紅玫瑰就和他跳舞。然而，男孩尋遍整個花園，卻找不到一朵紅玫瑰。夜鶯見男孩為此煩惱，飛到荊棘枝頭，唱著歌，將荊棘刺入胸膛，然後用自己的鮮血染出了一朵鮮紅的玫瑰。

男孩拿著紅玫瑰去找姑娘，可她卻已經成了伯爵的舞伴。於是，男孩碾碎玫瑰，憤懣離開。

王爾德說，在這個故事裡，只有夜鶯懂得愛，不問代價，只求愛人展眉。

所以，如果你要問，愛一個人是什麼感覺，大概就是「唱著

歌，將荊棘刺入胸膛」。

如果這樣的解釋讓你覺得有些太過慘烈、太過悲壯，好吧，那就換一種更加切近的說法：

愛一個人的感覺，大概就是，跟你講了一句話，等你的回應就等於是一場賭局，而賭注是一整天的心情。

愛一個人的感覺，就是遇到她以後，再也不想和別人在一起了。我累積了好多年的溫柔和浪漫，想要快點都給你。

不過，愛情不是迎合，如果一段感情需要你耗盡心力地去拚命維護，最初你的確能甘之如飴，但遲早還是會累，會被磨去耐性的。

現實的愛情，更多的往往就是「剛剛好」──脾氣剛好互補，身高比例剛剛好，彼此的稜角和忍讓的底線剛好能夠保持一種大致的平衡。

也就是說，你們會吵架，也會鬥嘴，心裡卻依然明白誰也**不會真的要走，明白你們最後一定會道了歉以後再和好。**

還有，最重要的是，你們真的會把彼此放在心裡，沒有誰是單方面的對誰好，你們都是長情的、幸福的人。

在這個世界上，不是每個人都值得愛，更不是每個你愛上

的人都值得嫁，值得付出。

一生裡遇到許多人，有些適合談浪漫的戀愛，有些卻可以相伴一生。區別很簡單，適合戀愛的會讓你開心，適合結婚的會讓你放心。

其實，愛情裡的分分合合、緣聚緣散，都是再正常不過的事情而已，當你真的談過一場刻骨銘心的戀愛，你就會知道，有些歌詞寫得有多好。

當你談過一場刻骨銘心的戀愛，你就會知道，其實，有些人能夠錯過，大概就已經是兩個人之間最大的緣分了吧。

在愛情這個話題面前，不管你是暗戀、失戀還是單戀，很多人都說，那些表面上看起來很灑脫的人，心裡都曾有一個角落，碎得很徹底，裂得很絕望。可問題是，除了扛住、撐住，你又能如何？

一哭二鬧三上吊，誰要看？

不吃不喝不說話，管用嗎？

耍賴打滾摔東西，然後呢？

有時候，你需要的不是執著，而是回眸一笑的灑脫。因為開心是一陣子，放心才是一輩子。

・・・

　大千世界裡，許多浪漫之情產生了，又消失了。其中有一些幸運地活了下來，成熟了，變成了無比踏實的親情。

　好的婚姻使愛情走向成熟，而成熟的愛情是更有分量的。當我們把對方喚作戀人時，是我們的情感在呼喚，當我們把對方喚作親人時，卻是我們的全部人生經歷在呼喚。

　年少的時候，我們迫不及待地將自己的滿腔愛意表達出來，而結果往往是陷入一場「表演」之中而不自知。所以，兩個人的記憶後來才會出現偏差，那些你覺得刻骨銘心的過去，對方卻沒有同樣的感受，甚至茫然不知。

　年少的時候，喜歡一個人就恨不得像煙火一樣，釋放和燃燒自己所有的情感，恨不得把對方變成自己身體的一部分。然而事實上，誰也無法承擔起另一個人全部的價值寄託。

　這就好比大熱天裡，你穿越了大半個地球帶著一件厚實的棉衣送過來，然後霸道地給對方穿上一樣，對你而言，你付出了很多辛苦和用心，但卻忽略了其實對方根本不需要啊，你們根本就不在同樣的半球，不在同樣的季節。

　在你的記憶中，你漂洋過海翻山越嶺地去送溫暖，這份心

意可鑒日月。但是在對方的記憶裡，大概只是曾經有那樣一個人，千里迢迢地趕來找麻煩而已。

兩個人的才是愛情，一個人的叫單戀，三個人是糾葛。雙方都付出才有收穫，單憑一個人顆粒無收。愛，不是一方為另一方無休止地付出以換取回報，而是你豐富了我的生命，我也豐富了你的生命，我們相遇之前是兩個人。相遇之後，不是變成一個，而是一個伴。

世界上最心痛的感覺，不是失戀。而是把心交出來的時候，卻遭到玩笑。那瞬間，付出的溫暖都成諷刺自己的冷漠。

當然，我們都有矯情的時候，但是成長的特徵就是懂得克制自己，克制自己的表演欲，克制自己的情緒，甚至是克制自己的喜歡。

人的心大概是世上最矛盾的東西，它有時很野，想到處飛，但它最平凡、最深邃的需要，卻是一個棲息地，那就是另一顆心。倘若你終於找到了這樣的另一顆心，當知珍惜，切勿傷害。

別去消費一個人的耐心和信任，他信任你的時候，無論你怎麼樣他都無所謂，你鬧、你傷了他的心，他都可以給你機會，給他自己時間，但是一旦過了他心裡的底線，無論他再怎

麼愛你，無論他有多麼離不開你，哪怕他再想跟你一輩子在一起，都沒用了，結局只有一個——澈澈底底地分開，他都不會給你後悔的時間的。

年輕時結伴走向生活，更多的是志同道合，老年時結伴而行，才真正是相依爲命。

Good Night, Sleep Tight

被魚刺卡過喉嚨，你卻還是喜歡吃魚；
被小狗咬過被小貓抓過，
你卻還是喜愛小動物；

牙齒不好，你卻還是嗜甜如命；
他拒你於千里之外，
你卻還是願意為了見他跨過千山萬水。

道理都是相同的 —— 你喜歡，就甘願。
動心以後，付出即是償還。

那麼，晚安。

Part 2／用最舒適的樣子，與你相遇

Part 03

聲色犬馬，各安天涯

這個世界上的愛情

分分離離的遺憾

總是比牽了手就是一生的故事要多

人，總要慢慢去習慣

習慣生命當中所有的相遇與別離

Part 3／聲色犬馬，各安天涯

錯 過

原諒我盛裝出席，
只為錯過你

人生有些事情，
一旦過眼，便是雲煙。

當你猜到謎底，
才發現，
一切都已過去，
歲月早已換了謎題。

不要等到失去以後才悔不當初，
你的一生，
也許就只有那麼一個人，
肯真正用心在你身上。

以前年輕，不太懂事，他和女朋友經常因為一些不太重要的小事吵架，幾乎每一次都是她賭氣出走，但沒多久就還是會回來。而漸漸地，他心裡就越來越厭煩她這一點。

後來兩人分手，不在一起了，再遇到，彼此心境早已經淡然。提到了她當年如何如何任性，她說：

「我們吵到那個地步，腦子都已經不太清醒了，再接著吵，難免誰會說出一些傷人的重話，收不回來。但只要有一個人能稍微理智一點，克制一點，先閉嘴走開就好了。我之所以總是要走掉，其實只是害怕你走了就不再回來，而我知道，我走了一定會回來。所以，並不是我任性，是某人蠢啊……」

可惜，後來還是沒能繼續在一起。

「是我蠢。」他不由暗罵自己一句。

人生總有那樣一些時候，多一點忍耐，就會少幾次後悔；少幾次翻臉，就多幾個臺階；多幾次聽不見，就少幾次庸人自擾；少撂幾句狠話，就多一些迴旋餘地。

可是，我們當時都還很固執，我沒有挽留，你沒有回頭。

當有一天，你真的成了過來人，你會不會這樣勸說別人：不要輕易放棄一個肯真正對你好的人，因為這樣的人，一輩子也不會遇到幾個。即便在一起要吃很多苦頭，咬一咬牙再堅持

那麼一點點，大概也就過去了。

生活的苦，會隨光陰淡去，但失去摯愛的疼痛，時間也無法撫平。多年後仍能讓你心痛的，是當年輕易放棄的真愛。

. . .

一大清早，兩人在家裡大吵了一架，女生含著眼淚，拿著裝著他們合照的相框喊：「分手算了！」

男生冷冷地說：「不敢砸？好，那我幫你砸。」

說完，他一把拿走相框，瞬間在地上砸了個七零八碎說：「偷偷看我手機，妳到底發現什麼了，發現什麼了？」

他越說越生氣，又從床頭櫃抓起一張明信片，一撕兩半說：「分手就分手，分手啊！」

最後，女生哭得講不出話，男生賭氣摔門而出。

男生一整天上班都沒心情，下了班跟哥兒們去喝酒訴苦，說自己心裡忽然有些後悔，覺得好像找錯了人，覺得委屈，覺得對方怎麼會這麼不相信他。

哥兒們跟他乾杯，說：「其實這也不是多大的事，沒必要大吵，回去好好聊聊，也就沒事了。」

等到情緒發洩得差不多了，男生突然間覺得心疼起來，因為其實他腦子裡一直出現一個畫面，那個女孩曾經趴在沙發上，手裡托著一張明信片，一臉幸福，她說：「這是你送給我的第一樣東西，是我最喜歡的禮物，我每天會都看。」

他趕回家，就假裝好像什麼事都沒發生，推開門，就跟平常一樣說：「我回來了。」

可是，從那天開始，這間屋子裡就再也聽不到她的回答：「哎呀，先換鞋！」

吵著嚷著說要離開的人，總是會在最後紅著眼睛彎著腰，把一地的玻璃碎片收拾好。而真正準備離開的人，只會挑一個風和日麗的下午，隨意裹上一件外套出門，便再也不會回來。

很多事情就是這樣，一旦她是真的走了，他才知道他多麼愛她。那些年輕的歲月，那些微笑和痛苦，原來，竟是他一生中最美好的時光，任誰也無法替代。

不要輕易錯過一個願意愛你愛到她骨子裡的人，在每個人的生命裡，這樣的人，可能都只有一個，而這個人，大概也只可能這樣去愛一次。

• • •

這是一個真實發生的故事，而主角卻可以是我們當中任何一個人。

　　她有一次去義大利旅行，由於時間尚早，她就在國內機場的免稅商店開始漫無目的地閒逛，而且還告訴自己絕對要只看不買，因為等等轉機機場的免稅商店大部分都比現在的便宜。

　　經過化妝品的櫃檯時，她順手試了一支口紅。原本真的就只是想讓自己的氣色看起來好一點，可是當她後來逛到有一點百無聊賴時無意間一抬頭，看到了鏡子裡的自己，唇色竟然讓她自己都頗為驚豔，那是一種極為優雅而沉穩的自然紅。

　　國內機場有兩個免稅化妝品店，她曾經試過口紅的那家距離她較遠，為了確認口紅的貨號，她直奔較近的那個去了。可是轉了一圈，相近的色號也基本上全都試過了，竟然都不是自己最想要的那一支，試到最後還把原來的底色都給破壞掉了。她看看手錶，離登機還有一段時間，就決定還是抓緊時間飛奔回遠處的免稅商店。

　　到了原來的那個櫃檯，她抹上心心念念的那個顏色——嗯，果然還是極為喜歡。確認了貨號和價格，想著一到下一個轉機機場就買。

　　看起來，女孩似乎精打細算得有一些摳門，其實這倒並不是她慣常的作風，她也只是剛巧一陣心血來潮而已，想著反正

也能買到，省下一點也未嘗不好。

　　沒想到，因為飛機誤點，本來算是充裕的轉機時間竟然變得很緊迫，她還來不及進免稅店就直接上了飛機去了義大利。

　　在義大利，她一直耿耿於懷，就是因為每次在化妝的時候都會特別惦念那支讓她心儀的口紅，她甚至等不及回程的時候再到機場免稅店去買，在國外期間，她每到一處商場都會特別留意一下化妝品專櫃，非要把它買到手不可。但結果卻總是失望，就是沒有一家店裡有這個色號的口紅。

　　回程再到轉機機場，她馬不停蹄地衝進了免稅店，也沒有。終於回國，她發現Departure和Arrival不互通，還是沒辦法買。後來，女孩又在網路上流連了大半個月，結果依然是三個字──買不到。

　　上天總會以一種奇怪的方式讓人感悟：適合你的，你一念之差放了手，就不會再有了。

　　女孩唯一欣喜和慶幸的就是：還好，錯過的就只是一支口紅，如果是喜歡上的人呢……

　　我們總把來不及的事留給下一年，把來不及付出的感情留給下一任，把來不及說的話留給下一次。很多的「來不及」，不

是沒做好準備，而是沒下定決心。

. . .

大二那年，跟室友一起逛商場，路過某家服裝店時，櫥窗裡有一件裙子深深吸引了我，我走進店裡試穿了它。

大小合適，裁剪得體，顏色也很襯我的皮膚，我決定要買下它，我覺得，它掛在櫥窗裡的意義就是在等著跟我回家。可扭身看一眼吊牌，價格不菲，是我半個多月的生活費，站在試衣鏡前猶豫著買還是不買，室友在旁邊小聲勸阻我「算了，走吧，太貴了。」

猶豫再三，我最終沒有買下它。脫下來還給店員時，她說：「穿起來很好看啊，為什麼不買呢？」我支支吾吾地說：「嗯，不太喜歡，我再逛逛。」我的自尊心讓我無法告訴她：「喜歡，但是買不起。」

這次之後，那件裙子成了我心心念念的寶貝，路過那家店時總忍不住看一看，直到某天它不在了，不知道被哪個幸福的女孩穿在了身上。

漸漸成長，因為還算勤快，我的經濟狀況有了一些改善，

喜歡的東西基本上都支付得起，這幾年，我逛過很多商場，買過很多裙子，可是沒有任何一件比它合意。

如果讓我再回到當年那個櫥窗前，我一定要買下那件裙子，哪怕省吃儉用，哪怕熬夜寫稿。因為跟遺憾相比啊，辛苦一點真的算不了什麼。

我媽在二十出頭的年紀嫁給了我爸，那時候雙方經濟都不怎麼寬裕。

我媽結婚的時候沒有穿婚紗，因為在當時，婚紗的租金不菲，租一天婚紗的錢足夠買一件很體面的外套，勤儉節約的我媽最終決定不穿婚紗了，結婚那天，她穿的是一件大紅色的毛呢外套。

後來啊，那件過於喜慶鮮豔的毛呢外套，因為太正式太誇張，穿的機會很少，幾乎完全閒置在衣櫃裡，倒是那件終究沒有穿上的婚紗，在我媽心中種下了一棵名叫「遺憾」的樹，樹的年輪伴隨著我媽的年紀一起增長。

這些年裡她時常感慨，如果當時心狠一點，有租件婚紗穿就好了，在最年輕的時候得穿一次最美的衣服，女人這一輩子啊，還是要些儀式感的。

為了彌補我媽的遺憾，去年爸媽的結婚紀念日時，我慫恿

他們去拍一套婚紗照，她並不想去，說一把年紀，人發胖了也變醜了，穿婚紗不好看，不想拍了。媽說「四十多歲時，去穿二十歲想穿的衣服，已經沒有了意義，妳還年輕，妳不懂。」

我懂，我太懂了。

大二愛上的那件裙子，即便大四的時候在某個櫥窗裡再次遇見，我也不能保證，我還有想帶它回家的衝動。

意義是有時效性的，那件裙子在大二的那個夏天對我產生了意義，就像那件婚紗在二十歲的鞭炮聲裡對我媽產生了意義。

我能理解媽媽的遺憾，但也許不夠感同身受，畢竟，我和那件櫥窗裡的裙子只隔了兩年，而我媽離她的婚紗隔了足足有二十多年。

有時想想，覺得上帝真的好頑皮啊，偏偏要讓人在穿衣服最好看、開車最帥、環遊世界最有體力的時候又剛好最窮。

年輕的時候，我們總是想著要省一點、要把錢存起來以後花，等有錢了再好好彌補自己。可是我們好像忘了，二十歲的錢到了四十歲依舊只是錢，但二十歲時最年輕美好的我們，到了四十歲卻成了另外一副模樣。

不要到了四十歲才穿上二十歲時想穿的裙子，寧願奮鬥得

辛苦一些，也不要讓自己留下一堆遺憾，因爲遺憾太多的人，無法活在當下。

* * *

愛情到底是什麼？

廚師說：
愛情是一顆洋蔥頭，你一片一片剝下去，總有一片會讓你流下眼淚。

氣象學家說：
愛情不怕黑暗，公園裡越黑暗的角落，戀人們越往那鑽。
愛情不怕熱，氣溫卽便40℃，戀人們還是要黏在一起。
愛情不怕冷，在冰天雪地裡戀人們照樣戶外約會。

歷史學家說：
原始社會裡的愛情以生育爲圖騰，「你爲我生」。
中世紀的愛情框架是騎士救美人，「我爲你死」。
封建社會的愛情模式是才子多情，紅顏薄命，「我們一塊兒

去死」。

現代愛情的標籤是「只要我愛，不管你有多少缺點，不管你有沒有結過婚」。

醫生說：

血壓高者不宜，愛情會使血壓增高。

懼高症者不宜，愛情會使人暈眩。

愛情是感冒，被愛情病毒感染的人，既瞞不了自己，也瞞不了別人，因為他抑制不住自己的噴嚏、眼淚和鼻涕。

考古學家說：

愛情如水，覆水難收。

愛情如瓷器，碎了就難復原。

愛情如出土文物，既古老又新鮮。

文字學家說：

我勸朋友們在寫情書的時候，寧願麻煩一點將「愛」寫成繁體字，那裡面有「心」。

愛情不能沒有心，簡體字不知為什麼把「心」給簡掉了，不過幸虧還有一個「友」。

人和人的感情，有時候好像毛衣，織的時候一針一線，小心謹慎，拆的時候只要輕輕一拉，也許只是一句玩笑話，也許是無意間的一個小誤會，所有的感情就再也不見。

　　都說有情人會終成眷屬，但世上總有一些人，經過千辛萬苦還是會錯過彼此。能錯過的往往不是內心最想要的，放不下的往往都是內心捨不得的。所以，後悔並非是人的本意，而是想要更多。沒有人不渴望擁有，但很少人不怕失去，以為能夠抓住一切，卻發現什麼都沒有。

　　其實，愛情就是一場戰爭，一場男女雙方都不能獲勝的特殊戰爭。實實在在的愛情或許很簡單，它只要你在真正相愛時，存下點感動，在冷戰時，懂一些感恩。

　　愛情的下一站，即是婚姻。

　　曾經看到過一個話題：你為什麼想要結婚？

　　其中一個回答就是：一個人的力量很弱，我們需要找到另一個人來共同對抗生活。

　　生活不是你坐在高級餐廳裡喝香檳，不是你東京、巴黎到處逛，生活的真相是你家門口的電梯會壞，是樓上的水管會漏水，是你出門忘記帶鑰匙，手機還沒電了，是數不完的雞毛蒜

皮的瑣事。

　　生活的真相是專案難做、客戶難搞、方案談不攏，是爸媽的健檢結果不太樂觀，是房價在不斷地漲漲漲，在這些艱難的時刻如何並肩奮鬥，共同對抗生活，這才是婚姻的真相，才是生活。

　　從孤身一人到談情說愛再到婚姻，所有人這一路上都是朝著「幸福」兩個字奔去的，可是後來呢？

　　錢鍾書先生曾經說過的一句話想必你早已聽過：「圍牆裡的人想出去，牆外的人想進來。」

　　後來如何了錢先生還是沒說。不過我覺得蕭伯納有一句話似乎回答過了，只是有點毒舌：「想結婚的就去結婚，想單身的就維持單身，反正到最後，你們都要後悔的。」

Good Night, Sleep Tight

我們每個人都是形狀不規則的圓，
在茫茫人海中尋找和自己性格相配相通的人。
為了愛，
我們願意去磨平自己多出來的那個角，
避免在擁抱時刺痛對方；
為了愛，
我們學習尊重、表達、直接、積極；
為了愛，
我們試著妥協、包容、把握、信任；
為了愛，
我們做到珍惜、傾聽、分享、犧牲。

那麼，晚安。

＃ 運氣

這世上不會有人
能花光
你所有的好運氣

人的一輩子精力有限，
拚盡全力的愛，
可能只有那麼一次。

所以，
在最合適的時間裡，
去愛一個我最想愛的人，
終究需要太好的運氣。

在這之前遇到的人，
就像是我們小時候看到的
商店櫥窗裡的漂亮娃娃，
難道，喜歡的就都要搬回家嗎？

誰都曾經想過和某個人就這麼過一輩子，可也許，還好沒有一輩子。

　　男生不算是花花公子，但是人長得很帥，還很會講話，確實很討女生喜歡，後來又有了一份很好的工作。工作的第一年，他就帶了一個女朋友回家給家人看。

　　家人很驚訝，因為總覺得像他這樣子比較討女生喜歡，但對感情不太會輕易認真的人，怎麼會這麼快就帶女孩子回來。

　　更加讓人沒想到的是，這段從一開始就並不太被看好的感情竟然持續了五年。在這期間，兩個人多多少少有過一些波折，可是最終，男生還是回到了這個女朋友身邊。

　　五年了，女孩終於熬到連男朋友的家人都快看不下去了，催著他結婚的時候，終於，這麼多年的委屈都結束了，這個男人永遠屬於她的時候，他們分手了。

　　得到這個消息的時候，男生的朋友正在國外幫他們買戒指，然後就接到他的電話，只說：「別買了，不結了。」原因是女孩猶豫了，說累了，想分開。

　　她和男生說：五年了，我曾經那麼想和你結婚，你卻不願意，有時候，我做夢甚至都夢到了有一天我在你向我求婚的時候，是我說不願意。

真夠狠心啊。

可是，別人從男生那裡聽到的，還是曾經他們在一起時的一些很美好的事。他說，剛認識的時候他覺得這女孩沒那麼好，於是就婉拒進一步交往了。

可沒想到，這女生竟然直接就打電話來說：「我哪裡不好？你憑什麼看不上我？」男生說的時候還笑了說：「當時我就想，這個女孩也太勇敢、太可愛了。」

假如男生真的和這女孩結了婚，可能婚後她依然還是耿耿於懷，忘不掉曾經談戀愛的五年她所忍受的辛苦，於是，在今後的生活吵架中無數次提起，吵到厭倦。

最終，男生也會覺得生活如此疲倦，他會忘記這個女孩子曾經多麼勇敢地直接打電話質問他，還有，那時的他曾覺得，這個女孩兒真可愛。

米蘭·昆德拉說，世上所有的不朽，都是和死亡相聯繫的。

所以，謝謝那些最後沒得到的，才保住了生命中關於愛情的最後一點美好吧。

人生或多或少總會經歷一些情感的波折。驀然回首，那些在生命中湧動過的人，在心靈深處被愛踏足過的芳草地，是否還保留著珍貴的情感，藉以回味逝去的時光？

只是，終究還是錯過了。

愛情的世界很大，大到可以裝下一百種委屈；愛情的世界也很小，小到三個人一擠就會窒息。

一個人身邊的位置只有那麼多，你能給的也只有這麼多。在這個狹小的圈子裡，有些人要進來，就有些人不得不離開。

不是每個人，在你後悔以後都還能站在原地等你；不是每個人，都能在被傷害過後可以選擇釋然忘記，既往不咎，絕口不提。

也許到那個時候，重歸於好就變成了最大的奢求，即使重圓的破鏡，映照出的也不過是傷過後變成殘渣的愛情。只怕在明白了最想要珍惜的人是誰，最大的幸福誰能給的時候，卻再也找不到散落人海的那個人。

你所做過最勇敢的事情，或許不是義無反顧地愛過誰，而是雲淡風輕地真正放下，不打擾。

至於未來，誰也不知道你會不會遇見更好的人，但再聽到情歌，你不會對號入座；提起他的名字，你的內心再也不會翻江倒海。

他就像是上個學期的一門課，考過了，也就結束了；他也像火車上遇到的一個人，你們一路相談甚歡，下車的時候，各

自珍重,不必再去追隨。

他終於成為床下的灰塵,牆角的蛛網,你知道,你們永遠不會再見面,但再也不覺得遺憾。

．．．

有一位很知名的歌手,極不愛浪漫的他,卻曾經做過一件很煽情的事。

有一次,他提前一年開始預售了自己演唱會的門票,並且預售形式新穎而有趣,僅限以情侶形式購買,一人的票價可以獲得兩個席位。

但是,這套情侶票被分為男生券和女生券,戀人雙方各自保存屬於自己的那一張,一年後的演唱會,兩張券要合在一起才能奏效。

當然,門票賣得很快,也許,這是戀愛中雙方證明自己愛情的一種方式吧 —— 我們可是要在一起一輩子呢,一年,算什麼呢?

到了第二年,演唱會上專設的情侶席位區裡卻空餘了不少位子。面對著那一個個尷尬的空板凳,那位歌手的臉上始終略帶著無奈的歉意和遺憾,唱完了最後一首歌。

試想那每一個空餘的座位上，應該都有著一些不爲人知的故事吧。去年我們曾牽手走過很多地方，在車站擁抱，一起看電影，往彼此的嘴巴裡塞零食和飲料，一起幻想著明年的這個時候，甚至是很多很多年以後，我們在幹嘛，要幹嘛。

　　只是，感情的事我們誰也猜想不到，這一秒幸福，下一秒就可以崩潰，而且，越是長久的戀情，崩盤起來往往就越是措手不及。

　　多少相戀多年的人們就是這樣，終究彼此形同陌路，各自生活。

　　或許，他們並不是不愛對方了，而是不能給對方各自要的生活。應該相信，他們或許依然還愛著對方，只是，一個依然不懂得怎麼去愛，而另一個想愛但卻是無能爲力。

　　一生一世一雙人，這樣的愛情，實在是需要太好的運氣。

　　可是，生活不就是這樣，最終廝守到老的人，也許並不是那個曾經許下山盟海誓、承諾要白頭偕老的人。

　　多少愛情被現實擊敗，無論如何，終究時間會帶走一切。每個人都是這樣，在走，在等，等自己眞的成了過來人。

　　愛情，難免伴隨著淡淡的苦澀，但卻成了永遠的珍藏。

　　沒有人知道什麼時候的遇見是對的時間，什麼時候遇到的

人是對的人，即使相愛的兩個人最終分開，也只不過是命運和我們說了一個幸福的謊言，而當這個謊言被戳破時，每個人似乎都理性了一些。

這，就是所謂的成長。

．．．

美劇《醜聞風暴》（Scandal）中，處於競選關鍵時期的準總統和準第一夫人，打算在公眾面前大打夫妻恩愛、家庭美滿而和諧的親情牌，為自己贏得選票。可他們的參選顧問奧利維亞卻毫不留情地指出，他們這種貌合神離、假裝恩愛的樣子，絕對是騙不過民眾的，不能加分，只會減分。

準總統夫婦十分震驚，他們自覺可以偽裝得很好，扮演了一對模範政治夫妻，面對鏡頭微笑，大方地讚揚彼此，言談得體又幽默，只是沒有想到居然一眼就被看透。

是的，即使是觀眾也能發現，他們做足了面子上的一切功夫，可問題恰恰就在於做得太好了一點，因此缺少真正親密伴侶之間的那種自然流露出來的輕鬆和真摯。

奧利維亞指導他們，不要把選民當傻子，如果他們想要贏得選票，就必須發自內心地表現出親密和關心，他們的肢體要

不經意的碰撞，一個人說話，另外一個人一定要凝視著對方。

如果兩個人不再相愛了，首先也是從眼角眉梢改變。在感情變得疏遠之前，一對男女的肢體逐漸開始疏離，他們的目光不再糾纏，對待彼此的耐心也逐漸耗盡。

．．．

曾經你叮囑他，牛奶和橘子不能一起吃，早起後如果沒吃早飯一定要喝杯水來沖淡一下胃酸，被辣到了喝牛奶能解辣。

後來，他會在早起以後替身邊的人倒水，她喝牛奶時，會搶走她另一隻手的橘子，她被辣到了他趕緊遞過去一杯牛奶。

她問他：「你怎麼知道那麼多？」

他說：「哦，好像是哪個朋友告訴我的。」

一場真正的愛情，不管結果如何，一定會讓彼此都能進化成了更好的人。

他褪去青澀莽撞，變成好好先生，是因為被愛讓他變得更加懂得珍惜，變得更加沉穩踏實。而她變得更加獨立優雅，可以照顧好自己，是因為愛一個人的磨礪，教會了她如何去付出和堅持。

愛情這種事，本沒有所謂輸贏，也沒什麼誰比誰強，誰比

誰更有魅力。相比於對的人來說，其實，你在合適的時間、合適的地方出現，反倒更重要一些。

無論你是否甘心，在愛情裡常常就是這樣，前人栽樹，後人乘涼。

但這也沒什麼好值得沮喪。後來的你也會遇到一個人，他細心、周到、大度、忍讓，不會胡亂吃醋，他知道在你身體不舒服的時候遞水、送藥，知道哪些傷女人心的話不能說，知道遇到問題溝通不良時千萬不能一走了之。如今的這些點點滴滴，他身上所有讓你喜歡的小細節，其實也都是從一個個失敗的教訓中學習來的，那也都是和他有緣無分的好女孩，一點一點慢慢PK來的。

也許有一天，你不再想要轟轟烈烈的愛情，你想要的只是一個不會離開你的人，冷的時候他會給你一件外套，胃裡難受的時候他會遞給你買好的藥和一杯剛好溫熱的水，難過的時候他會給你一個實實在在的擁抱，就這麼一直陪在你身邊，陪你走過每一段路。不是整天嚷嚷多愛多愛，而是認真地說那句「我在」和不離開。

世界總是公平的，某一個人虧欠你的，都會有一天，由另一種方式，或另一個人彌補回來。

緣分這件事，有人在年輕的時候特別相信，後來經歷了一些，心中對這兩個字開始充滿懷疑。可是繼續再往前走，你也許還是願意相信緣分，相信應該要在一起的人，不管繞多大一圈，依然會走到彼此的身邊。

這，就是最好的安排。

. . .

我不知道，在你身邊有多少人，在去年情人節的時候還是雙雙對對，你儂我儂，在SNS上狂曬恩愛，可現今又回歸到了單身貴族之列。問題是，人在失戀之後到底需要花多久才能恢復正常？恢復到對方闖入自己生命之前的生活，把對方澈澈底底從記憶裡清除，看見對方留下的東西能夠坦然面對，再次見到他的時候也不會再紅了臉或者是紅了眼眶。這些說起來像雲淡風輕的小事，真的有人做得到嗎？

也許，我們都曾小心翼翼地愛過一個人，陪彼此走過了馬拉松般的漫長歲月，遺憾的是，等在終點的可能並非彼此。但這就是現實版的人生，這就是命運，這就是每個人都要承擔的無法絕對圓滿的東西。

人生一步步往前走，每個人大都會有一種相同的感悟，那就是越長大就越發覺得，遇見誰、離開誰都像是命中注定的事，我們愛上一個人，開啟一段故事，又結束一段故事，冥冥當中似乎都自有定數。最後有一天你會發現，這一路，多少人在我們的生命裡出現卻又離開，那些真正陪在我們身邊的人，一直都會在，而那些中途離場而去的人，或者，也算不上什麼值得留戀的。

其實，如果把很多事放在一個更長遠的時間軸去考慮，你會釋然很多。畢竟，某個人當初曾少給你的，也許將來，你已在別處都得到。**真相或許就是這樣，時間和新歡都不是什麼絕對的靈丹妙藥，只有你自己才是。**

Good Night, Sleep Tight

分開之後，
兩個人開始背對背地急速奔跑著成長。
有人說，既然地球是圓的，
那麼，即使他們背對背奔跑，
總有一天也會再相遇。

然而，即使他們不會相遇，
他們也變成了更有能力去愛別人的人。
其實，我什麼也沒忘，
但是，有些事只適合收藏。

那麼，晚安。

放過你，
也是放過我自己

在感情當中，
我們往往都覺得自己掏心掏肺，
覺得所做的努力、忍讓、妥協能夠感天動地，
於是希望對方感動。

其實，
無論是寒流夜裡去對方家樓下等待，
或者冒雨爲她送傘、送奶茶，
自己回想起來覺得事事重大。

但實際上，
對於對方來說，
一杯奶茶就是一杯奶茶，
根本不會承載起你想要在上面
寄託的山崩地裂的大情懷。

女生跟認識五年的男友分了手，決絕、乾脆得出人意料。

她說，她是真的想要結婚了，她實在不願意再等了。然而，他卻始終都還沒有想要結婚的感覺。

然後，女孩很快閃婚，嫁給了一個挺不錯的男生 —— 兩個人相親認識。

更出人意料的是，過了一些時候，男生也很快結婚了。

其實，他的新娘並不比他的前女友出色，又或者這一次他對她的愛也不見得更多、更深，只不過，她出現的時機實在太好了，剛好在他心裡真的開始想要安定下來的時候。於是，根本不需要什麼更好的理由了，她來得是如此的正是時候，那麼，就是她了。

兩個人能否走在一起，時機很重要，你出現在他想要安定的時候，那麼你就「勝算」很大。你出現在他對這個世界充滿了好奇的時候，也許就算你多美、多優秀，那也常是徒勞無功。

愛得深，愛得早，都不如愛得剛剛好。

在時間的荒野裡，沒有早一步，也沒有晚一步，於千萬人之中，去邂逅自己的愛人，那是太難得的緣分，更多的時候，我們只是在彼此不斷地錯過，錯過了楊花飄飛的春，又錯過了楓葉瑟瑟的秋。直到漫天白雪，年華不再。

在一次次的心酸感嘆之後，才終於了解，即使真摯，即使親密，即使兩個人都已是心有戚戚，我們的愛依然需要時間來考驗和成全。

. . .

朋友結婚了，對方並不是當年大家都曾以為的那個人。

在她結婚前夕，偶然間聊起舊事，我想起來，在得知她和前任分手的那個夜裡，她很平靜，平靜得就好像是在說別人的事，沒有大醉，沒有大哭，就只是說：「沒辦法，我們真的沒有緣分。」

後來我問她：「分手了，還能和前任偶爾聯繫嗎？」

她堅決地搖搖頭說：「我不會。」

我又問，「那他結婚了，妳還能祝福他嗎？」

她直白得不假思索，說：「我不會。」

說完這句，沉默了一會兒，又補充了一句：「因為，他大概再也找不到比我對他更好的人了。」

是啊，世界很大，而你再也不會遇見第二個我。

對女孩而言，我再也沒有主動找過你，再也沒有打電話給你，也沒有傳過訊息給你，看見了只會擦肩而過當作路人。這

並不是我裝清高，不食人間煙火，而是你錯過了當初那麼那麼喜歡你的我。

忽而心生荒涼。

世界上這麼多的人，能夠遇到一個我愛你，你也愛我，我們彼此相愛的人，機率實在是太小。但是世間事往往如此，我們彼此相愛，卻又互相傷害。

相濡以沫，不如相忘於江湖。

說起來簡單，但是分手之後，多少人還是忍不住地想要聯繫對方，翻看對方的SNS，看看是不是已經有了新歡。多少次拿起手機，想要撥出那個儘管已經刪掉，但其實依然爛熟於心的電話號碼，最終，還是在最後撥打出去的那一刻頹然放下。

因為知道不可以，不合適。

其實，真正的放下並非是刪除彼此所有的聯繫方式，不再聯繫，不再提起。而是在偶爾得知他的消息的時候，心中平靜，不再泛起波瀾，才是放下。

如果我不能祝你幸福，另一種意思是不是 ── 我心裡還有你？

如果用張小嫻的話說：「愛情的反面不是恨，而是冷漠。」

不用追問，明天你是否依然愛我，我只需要知道，在過去的某一刻，某個地點，我是相當認真用力地愛過你的，你將會

是我心中永遠的紅玫瑰和白月光。

的確，我愛過你，但是，過去的種種都像是一場夢，即便寧願長醉不醒，終究也還是要醒來。

清醒之後的你我，天各一方，走向不同的方向。唯一值得慶幸的是，回首來時路，一路走來有你，也才不算孤獨。

如果哪一天，你真的覓得良人，我想，我會祝福。

．．．

Q小姐結婚了。

我發了則SNS動態祝她新婚快樂，下面一堆人留言：四年愛情長跑，終於結婚啦！

我不知道怎麼回應，因為Q小姐嫁的並不是那個談了四年戀愛的人。Q小姐最後嫁的人，用兩個字就可以概括：土豪。

看到這裡你可能覺得Q小姐三觀不正、嫌貧愛富，遇到土豪就用了魯蛇。

好吧，你也可以這麼認為。但聽我繼續說。

土豪是她的小學同學，那就叫他小豪吧。

小豪是個小胖子，小時候也是。就是你印象裡的那種小胖

子，坐在最後一排，成績一般，少有人理。那時候Q小姐是學藝股長，機靈開朗，對所有人都很熱情活潑，包括小豪。

學藝股長需要負責教室布置，所以，Q小姐每週都有一下午的時間在教室最後一排，更新花花綠綠的布告欄，也會跟小豪說說話。小豪覺得，這就是女神啊！

沒想到，小豪家裡的事業越做越大，長大後的小豪成了土豪，念了國外的一所學校。

小豪還是個胖子，重點是，還是對當年那個單純善良的學藝股長Q小姐一片深情。特別是當今時不同往日，說得誇張一點，當初沒人理的小胖子，如今只要開著跑車停在路邊，大概就會有妹子假裝跌倒。

所以，從國外回來以後，他開始對Q小姐窮追猛打──土豪就是這麼任性，誰管你有沒有男朋友。尤其是一再被Q小姐堅決拒絕之後，他簡直更加確定非Q小姐不娶。

當小豪對Q小姐第N次表白說想要娶她的時候，Q小姐明白，小豪很認真，而他這樣的人，也並不是誰都有這個機會遇到的。

最後，Q小姐跟談了多年校園戀愛的D先生說了分手。D先生很傷心，但也沒怎麼挽留，因為他大學剛畢業，還有比談戀愛更緊急的事呢，還要寫論文、找工作、租房子，還有個遊戲

沒通關。

哭過、掙扎過，不過Q小姐還是做出了選擇。而我記得，她曾經在SNS上發過這樣一句話 —— 最深的孤獨不是長久的孤身一人，而是心裡沒有了任何期望。

婚禮我去參加了，都是按照Q小姐的想法布置的，簡歐田園風，一千朵歐洲空運來的香檳玫瑰布滿禮堂。

當新郎唱著「我喜歡你，是我獨家的記憶，埋在心底，不管別人說的多麼難聽」步入婚禮大堂的時候，在場的所有人都被感動了，包括我。即使我也親眼見證了Q小姐跟D先生四年的大學時光。

現在的Q小姐剛剛生了第一胎，整日忙著照顧寶寶，寶寶是她生活的全部。

上次見面的時候，我問她，你後悔過嗎？她說，生活中的瑣事太多，已經忘了思考這個問題了。

年輕的時候，人人都有一個愛情夢想，只不過有人實現了，有人實現不了罷了。

在這個故事裡，確實有一個人實現了自己的愛情夢想。那就是小豪，因為他如願娶到了他夢寐以求的單純善良的女孩。

這也算是美好的結局，不是嗎？

．．．

　　不知你是否覺得，愛情和飲食之間，好像存在著某種相似相通的地方。

　　小時候，你最討厭吃香菜，連它的味道都聞不得，你堅信自己這一輩子都會和它勢不兩立。但是忽然有一天，你竟然瘋狂地迷戀上了它。小時候，你最愛吃番茄炒蛋，以為自己這一輩子都會愛吃，可等你長大了，不愛吃了就怎麼都不愛吃了，沒有理由。

　　你沒錯，香菜和番茄炒蛋也沒錯，錯的，就只有那些自以為是的一輩子。

　　喜歡過的人，大概也是如此吧。

　　年少輕狂時候，我們很容易就對一段感情投入自己全部的心力，所以，一旦必須要分開的時候，就會變得特別的難熬和痛苦。其實，當你挺過去了就會發現，那麼多當時覺得快要要了你的命的事情，那麼多你覺得快要撐不過去的境地，都會慢慢地好起來。就算再慢，但只要你願意等，它也一定會成為過去。

　　這個世界上，沒有所謂離不開的人，只有邁不開步伐的腿

和軟弱的心。即使不必像古裝劇一般，縱然深情似海，也敢揮劍斬情絲，但至少有一點是真的，那就是 —— 人們大多少了一種驕傲和倔強，還沒有練就一顆強大到敢於拒絕和放下的心。

放下，其實不太好定義。

真正的放下大概就是，和你講話心中再也起不了一片漣漪，再也不會感覺路上的每個人背影看上去都很像你，再也不會為了一次見面就連語氣都反覆練習數遍。假如真的偶然遇見，卻沒能把你認出而擦肩而過。不會再以為每個跳出來的訊息全都是你，再也不會在看不到你的時候心中有諸多失望。

真正的放下，就是悄無聲息的，就是突然發現不再喜歡你了，不關時間長短的事，不關一年、兩年，還是五年、十年的事。

當一個倔強的女孩吧。有情有義，有進有退，誠懇磊落。愛情從來都是雙向選擇，如果他人有所辜負，或者不再被愛，一定要知道用什麼來抵擋，來回應。

這或許不是一個最好的時代，但也絕對不會是最壞的時代。或者，倔強的好女孩多了，世界上悲情的故事也就少了。

Good Night, Sleep Tight

在一些時光過去以後，

人們才會更加覺得以前的幼稚和可笑，
愁啊，恨啊，
都接近於數百萬光年之外的星球塵埃，
渺小，細微，
於心內再無波瀾。

那麼，晚安。

你的每一個讚，
我都當成了喜歡

你曾飛蛾撲火，也曾披荊斬棘；
你安慰過，也被安慰過；
你深愛過，也被愛過。

其實，
這世界並沒有特別虧待誰，
跌跌撞撞也都是爲了你能明白，
你等的人和等你的人，
都該是最懂你的那一個。

曾經認識一個女生，學業優秀，個性很好強，屬於校花等級的女生。去國外當交換學生期間，她居然能在外國人當中脫穎而出，入選了辯論隊，代表學校參加比賽，伶牙俐齒，說起觀點來讓美國人都啞口無言。

她生活中唯一的軟肋，是她的前男朋友。面對辯論隊、面對面試官都絲毫不會緊張的她，卻在必須每天見男朋友前要回去換好衣服，仔細照過好幾遍鏡子後，才能放心出門。

她平時如果忙得忘了帶手機會有無數個未接來電，可是只要和男朋友出去，除了少數極重要的，其餘一概不回。上學期間所有公司的面試她都會去，即使是不喜歡的企業，當時的她總覺得，萬一今後這個方面男朋友有興趣呢，多了解一點也好，到時候也許就能幫上忙。

其實在旁人看來，她的男朋友對她並不算太好，有時候還會不接她電話。於是她就盡量讓自己忙起來，忙到沒有太多精力責怪他。

即便找很多事情做，可她還是會只要男朋友一個電話，就推掉所有事情回家換好衣服然後飛奔過去。她覺得他很好，儘管沒有體貼入微，但卻夠讓她安心，他就是這個世界最美好的存在。

可是有緣無分，她和男友後來還是分了手。

後來，有一次他忽然有事找她，他並不知道，她前一天剛好生了病，接電話的時候還在醫院裡吊點滴。可是她還是拔了針去找他。

見了面，他問她最近怎麼樣，她笑著說：「嗯，還不錯，你看，我最近都胖了一點。」

她當然不會說，應酬太容易胖，可是又不得不去，於是為了保持身材，她基本上每晚都是餓著睡著。

她當然不會說，是因為她覺得他屬於她生命中最美好的歲月，每次見到他，就會忘了這個世界上的一切人情世故，一切瑣碎負累，還有那些過分承諾過的謊言。

但其實，正是那些沒有得到的，恰恰是一種最好的安排。

假如他們沒有分手，那個女孩真的嫁給了她這麼愛，但沒那麼愛她的男朋友，每天工作和打拚再加上男朋友的不甚體貼，終究會讓她失去對生活最後的那麼一點點信心吧。她會忘了，曾經在情人節的時候他送給她的那束特別好看的花，還有那句：「I wish I have done everything on earth with you.」

她最終會發現，在人事已非的景色裡，就連她曾經那麼一心喜歡的都沒有了。

. . .

　　世界上還眞的有巧到讓人差點驚掉下巴的事，就只是出門去超市買幾罐優酪乳，結完了帳往回走，竟然遇見了前男友。

　　他提了一大袋的零食，他以前很討厭吃甜的，但是我卻看見裡面有好幾種糖，他尷尬地笑了笑，說是他的女朋友就住這附近，她喜歡吃。

　　隨便聊了幾句之後我就準備走，因爲實在是覺得尷尬到不行。他突然從袋子裡拿了兩包山楂片遞給我，說雖然這是甜的，但是開胃，妳不要老是動不動就不吃飯。

　　我問他，你怎麼知道我胃口不好？

　　他對我翻了個白眼，說妳每次胃口不好不想吃飯的時候就只愛喝優酪乳。

　　我看著他的背影，竟然不知道說什麼好。

　　當初，我們戀愛兩年，然後他工作調動去了外地，半年多以後和平分手。沒有狗血偶像劇情裡的第三者，沒有各種離譜的誤會，就只是遠了，疲憊了，疏離了。可後來，就在分開以後不久，他卻被重新調回來，然而一切也都再也回不去了。

　　當愛情終究各走各路，我們總會遇見新的人，喜歡的類型

也早就和當初不一樣了。可有時候回過頭，再看看這些年裡走過的路，或好或壞，是甜是苦，總有那樣一個最熟悉的陌生人是如此無法替代。

所以，就像某部愛情電影裡所說：「不久後，我交了女朋友，她也交了男朋友。但我們之間的故事卻沒有因此結束。八年的喜歡，讓我們之間擁有了更深刻的聯繫。比情人飽滿，比朋友紮實。那是，羈絆。」

. . .

在把水遞給妳之前，他一定會輕輕替你擰開瓶蓋。

出去吃飯點餐，他知道妳愛吃和不愛吃的菜。

下雨了，你們同撐一把傘，傘的另一邊一定是朝著妳傾斜的。

妳買給他的東西他都很喜歡。

他對別的女生有風度，又有距離，從不會拿妳和別的女生去比較。

他走到哪裡都願意拉著妳的手，妳靠在他肩膀時很安心。

在他所計畫的未來裡，妳是最重要的一部分。

他曾輕吻妳的額頭，和妳說你們的未來該會有多美多美，說你們會有一兒一女，會一起攜手同行走下去，一直到老。

可是，你們分手了。

原本以為分手可以很簡單，不過就是分開行走，不會再互相呼喚暱稱，不再擁抱，不會親吻。只是真的到了那時那刻才明白：**原來，愛情不是離開了就能不愛的；原來，分手也是需要練習的；原來放開一個人的手並不困難，難的是真正放走對他的期待，放走那個曾經在心裡建設得十分美好的和他一起的未來。**

其實，既然忘不掉，不如就放在心裡好了。

年輕時為誰難過了、痛苦了，好像才能證明自己青春過。可時間終會將這段感情磨平，或許，你今後再也不會喜歡像他這樣的人了，但會記得自己曾經喜歡他的感覺。

最後，你明白了，還好他出現了，這讓你明白世上根本並沒有「非誰不可」這件事，真的沒有哪一個人，非得要另外一個人才能過好這一生。

曾經覺得是對的人，未必就是真正對的人；曾經能說出一萬個對的理由，現在可能找到一萬零一個錯的理由。原因很簡單——曾經相愛，現在不愛了。

因為愛上了，才覺得自己遇到了對的人，而你之所以會懷疑對方是不是對的人，其實就是在懷疑能不能愛到最後。

在愛情裡，根本就沒有什麼普世真理和方法，而愛情的奇妙也恰恰就在於此。

而我更傾向於安東尼·聖修伯里的短篇小說《小王子》裡面的價值觀。

從前，小王子很愛他的玫瑰花，他每天幫她澆水，幫她曬太陽，跟她說好多好多的話。到了地球，他發現了玫瑰花到處都有，於是就有點迷茫。後來他明白了，原來的那株玫瑰花之所以對他來說與眾不同，就在於他認真地去為那朵花付出了，他們共同分享、分擔了一些東西和屬性，這朵花對於他就有了意義。

天下之大，你遇見的男男女女那麼多，你憑什麼會對某個人耿耿於懷，念念不忘？大概就是因為你們共同經歷過一段時間，你們相互付出過吧。

在你的生命裡，有沒有一朵花兒曾經這樣澈底地為你開放過？有沒有過那麼一朵驕傲的、任性的、自私的、討厭的花兒，可她卻只願意盛開給你看。

當花兒枯萎了，還是會有別的花兒出現，只是，那再也不

是當初的那朵了。

一期一會，大致就是如此吧。

根本不存在什麼對的人，也沒有什麼是我們應該會遇到的對的人，只要無他想、努力真心地付出過和體驗過，這段時間就有了意義，你所經歷的時間就是對的時間，此刻的人就是對的人。

我們能把握的，就只是此時此刻我們所遇到的人，我們努力真心地去愛，靜靜地看著她（他）的眼睛，找回自己全部的溫柔。

時光留不住昨天，緣分也無法停止在初見。

在那些如花的詩句裡，任那再美麗的思念，早已與愛無關。

. . .

我們大概都聽過一些關於戀愛的理論，戀愛是要談的，有過青春懵懂的衝動，有過全心全意付出，最後找到能把你寵到天上的那個人。在這個過程中，我們一路挑挑揀揀，根據自己列出的條件去做一些選擇，然後選出了最合適的那個人來試

試。試過了一兩個人之後，覺得不能再這樣繼續下去了，找個人結婚吧，反正戀愛也已經談過了。

這是所謂的過來人告訴我們的，但是現實呢？萬一找不到呢？找到了以後，萬一當初的好男人後來變成渣男，那怎麼辦？

我們常常會賦予婚姻太多的意義和期待，不是說這樣美好的期待和這種審慎的態度不對，誰不希望執子之手，與子偕老？只不過，婚姻不是慈善機構，更不是收納可憐病弱的小狗小貓的流浪動物收容站。

一段愛情甚至於一紙婚書，真的就能保障我們的全部人生嗎？愛錯人，甚至嫁錯了人，你的整個人生就等於被徹底毀了嗎？未必。反而，那些覺得嫁了人一切就萬事大吉了的女孩們，她們的人生才更沒有保障，才更容易被毀掉。

女孩，你那麼努力，不是為了嫁給世俗傳說的如意郎君，如果有人愛你，就讓他愛，想做什麼就做什麼，畢竟你的人生充滿了未知的可能。

或許很多次你會站在人生的十字路口，面臨著不同的抉擇。沒有經驗，沒有嚮導，沒有提示，沒有路標，一切都要憑藉自己的智慧和勇氣，人生的舞臺沒有彩排，也沒有重演。但這又何妨？畢竟，時間帶給我們最好的事情，就是將那些珍愛

你的人保留下來，把那些不值得的人刪掉。

　　沒有愛對愛錯、嫁對嫁錯，畢竟除了你以外，沒有任何人能夠對你自己的人生負責。

　　願你足夠強大，也都能始終具備著讓自己幸福的能力。

Good Night, Sleep Tight

那些曾經感動你的山盟海誓，
最後還不是跟著日升月落，
調成了一大盤開胃菜，
你吃得一把鼻涕一把淚。
所有我們曾以為的天長地久，
最後還不是妥協成了「認識你就好」。

但總有一天你會知道，
其實，你所失去的，
歲月並不會以另一種方式補償，
而得到補償的人，都是在時間裡，
用更好的自己去重逢。

那麼，晚安。

Part 3／聲色犬馬，各安天涯

Part 04

餘生，請多指教

往後餘生

風雪是你，平淡是你

清貧是你，榮華是你

心裡溫柔是你

目光所至，也是你

Part 4／餘生，請多指教

我會舉著戒指
對你笑，
說餘生
請多指教

幸好

注定在一起的人，
不管繞過多大一圈，
到最後，
還是會走進你心裡，
留在你身邊。

所以，我其實一點都不遺憾，
沒有在最好的時光遇到你，
因為，
在遇到你之後，
最好的時光才真正開始。

我感謝時光，
帶走了那麼多東西，
卻肯為我留下了你。

她和他認識的時候，都不是那麼年輕了，已經漸漸進入到年輕人以上、中年人未滿的行列。

　　兩人是別人介紹的，約在一家海鮮餐廳門前見面。她簡單地收拾了一下，提早到了幾分鐘，他卻遲到了，過了約定時間幾分鐘，他才匆忙趕到。

　　竟然是一個算得上好看的男子，已經褪去了小男生的青澀和單薄，神情略顯沉穩，衣服穿著的品味也不差，是乾淨清爽的類型。

　　一見面，他就急急道歉，說路上塞車，足足塞了四十五分鐘，請她原諒。

　　她笑了：「沒關係。」心裡暗自算了算，如果不塞車，他其實會比她到得早。那麼，他不是故意的。她相信他的話，再說，即使遲到幾分鐘又怎樣？他不是都已經道歉了嗎？

　　兩個人找了個靠窗的位置坐下，他把菜單遞給她：「看看，想吃什麼就點什麼。」

　　她還是笑，小聲說了一句：「我在減肥呢。」

　　他也笑了：「也不用吧，還是健康最好，再說，妳看妳也不算胖啊。」

　　其實，女孩真的有一點點胖，真的也只有那麼一點點而已，她自己會介意，他卻真的不介意。索性拿過菜單，也不看

價格，招牌菜一連點了好幾道。

她能感覺得出來，他對她的印象不錯，而她也是。

單從外表來說，她甚至覺得自己有點配不上他。但她並未表現出來這一點點的自卑，從容地和他說著話，氣氛很輕鬆。

他更是處處照顧她的感受，體貼她如同體貼一個小女生，讓她感覺到了被寵愛的溫暖。

兩個人就這樣慢慢接近了，過了半年多的樣子，他求婚，她同意了。她覺得自己終究還是個有福氣的女子，在這樣的年紀，還能遇到這麼溫和、體貼又英俊的他。

結婚前幾天，他們的好朋友幫著他們收拾新家，有他和她單身時期的一些物品，其中，也包括了各自的舊相簿。大家翻出來看，於是，就看到了最年輕時候的他們。

那時候的他，那樣英俊挺拔，穿白襯衫和牛仔褲，戴著很有個性的手錶，眼神裡面帶著不羈的味道。而那時候的她，也有那麼一點點胖，但非常非常漂亮，眉目當中滿是清高，滿是驕傲。

有朋友嘆了一聲，對他倆說：「真是可惜你們沒有早幾年碰上，那才真的叫金童玉女。」

他笑了，她也笑，卻都沒有說話。

那一刻，他們心裡都很明白，幸好，他們沒有早幾年遇到，要不然一定不會走到一起。

　　那時候的他，叛逆不羈，喜歡那種個性冷酷的消瘦的女孩，顯然絕不是她那種。而那時候的她，對男孩子更是格外挑剔，要求對方品貌優佳，更要守時，講信用。她最容不得的就是男生遲到，從不給他們任何辯解的機會……

　　因為挑剔、倔強，因為不夠寬容，在最年輕的光陰裡一再地錯過愛情。

　　而現在，他們都在感情的磨礪中成熟起來，內心不再浮躁不安，漸漸寬厚而平和，都懂得了為對方著想。現在相遇，對他們來說，才是最好的。

　　所以，不必遺憾，沒有在最青春美貌的時候遇見彼此，因為我們要的，終究不是一場足以天崩地裂的愛戀，而是天長地久的溫暖相伴。

· · ·

　　姐姐和姐夫是大學同學，大一相識，大二戀愛，大四也順理成章地面臨了畢業分手的局面。

　　當年的姐夫成績平平，長相平平，家境甚至連平平都稱不

上。他沒有背景，沒有房子，沒有存款。姐姐的家裡安排好了工作，要她回家，無論如何也不同意姐姐和他在一起。兩人就像許許多多的大學情侶一樣，畢業，面臨遠距離，然後分手。

那年，姐姐二十二。

也對，看似沒有未來的兩個人，何必要耽擱彼此的時間？還不如一刀兩斷，從此，各自尋找自己的幸福。

三年過去了，兩人極少聯繫，更是沒有再見過面，只是每年生日時，姐姐會收到姐夫寄過來的禮物，過年的時候也會寄一些東西給姐姐家。

姐姐的年齡也到了二十五歲，一直沒有再交男朋友，家人開始著急，緊鑼密鼓地介紹和安排相親，其中幾個對姐姐印象很好，加上姐姐的長相、談吐和工作都很不錯，平時的工作接觸裡甚至也有示愛的角色。

我一開始不懂，還跟著瞎著急，但是她每次都是笑笑，搖搖頭說：「不喜歡、沒感覺。」

或許大多數的故事便會到此結束，兩人終究還是會各自淡淡地戀愛，淡淡地生活，直到他真的淡出她的記憶，再也不出現於生命裡。

姐姐二十六歲生日，她接到了姐夫這四年以來少有的一通

電話，而他只說了一句：「房子買好了，工作為妳打點好了，回來結婚吧。」

就像早就預料到了會有這天一樣，姐姐只輕輕慢慢地回答了一個字：好。

一句「拿著」，勝過十句「我會給你的」。那些曾經的不易與艱難全都在這時候來了一個大大的反轉，變成了滿滿的幸福。

我不知道姐姐當時哭了沒有，但我哭了，哭得一塌糊塗。

四年，對於一個簡直一無所有的男人而言，我不知道他經歷過什麼，也不知道他如何從零開始奮鬥到這樣的地步，是什麼讓他獨自忍受過風雨，這樣篤定地堅信著一份愛情。

四年，對於一個正當人生最好年華的女人而言，我終於明白她為何不惜頻頻拒絕他人，也要用青春去等一份她認為值得堅持的幸福。如果下定了決心要等一個人，任誰也再難走進她的心裡吧。

在這樣一個紛雜浮躁的年代，還有多少愛情能被如此堅守？

誰都曾害怕磕磕絆絆後，卻還是找不到自己想要的那個人，可是，人生總是要棋逢對手，才會心滿意足吧。

幸好，最好的總是壓箱底。

所以，我好好過，你慢慢來。只要最後是你，晚一點真的

沒關係。

．．．

　　一個孤單的三角形，總想找到一個缺失了一角的圓，能和自己合二為一成為大圓滿。從此以後，愉快地滾動起來，幸福地生活下去。然而結果是，她總是尋找，卻總是失望，因為沒有一個剛好缺失了一角的圓，能恰好與她契合。

　　直到有一天，她看到了一個完整的圓，這才知道，世界上有一種存在，本身就是圓滿具足的。

　　她是自己的三角形，也是自己的圓，她根本不需要任何尋找，不需要任何外界的輔助，就可以自由地移動、翻滾，愉快地玩耍。

　　她有時候會有夥伴。當她遇到氣味相投、目的地一致的圓，他們會追逐著笑鬧，談談自己過往的見聞，說說自己喜歡的天氣，他們形影不離，而又各自獨立，一起去探索更精彩的未來。

　　但很多時候，她也是獨自一人。獨自穿過草地，獨自躍過山丘。她沒有夥伴，但她並不孤獨，她始終和她自己的圓滿在一起。

活在你自己的愛情裡，給你自己想要的一切，使你成為那個可以自由行走的大圓滿，你才有能力和另一個大圓滿相遇在風和日麗或者斜風細雨裡。

張愛玲說：「人生最大的幸福，是發現自己愛的人正好也愛著自己。我要你知道，在這個世界上總有一個人是等著你的，不管在什麼時候，不管在什麼地方，反正你知道，總有這麼一個人。」

當你遇到對的人，浮躁嘈雜的世界好像一下子安靜下來，愛情也不再是那個千古難題，它會變得那麼簡單，簡單到完全不用處心積慮、步步為營，不用擔驚受怕、小心翼翼，不用吃力討好、猜疑妒忌。

其實錢鍾書早就已經說過，「似乎我們總是很容易就忽略當下的生活，忽略許多美好的時光。而當所有的時光在被辜負、被浪費後，人才能從記憶裡將某一段拎出，拍拍上面沉積的灰塵，感嘆它是最好的。」

我想說的只是，太陽給人溫暖，可是下山以後沒人想靠它取暖。就像可樂，放久了也會被人忘掉，直到沒了氣泡。

一萬個美麗的未來，都比不上一個溫暖的現在。所以，珍惜當下。

有時候，單身一人的你隱約覺得，這世界上應該有另一個人會成為你的聯盟，但他就是要你等，就是不出現。於是，孤獨感愈加強烈，愈加清晰。

什麼是孤獨？

林語堂老先生說了，孤獨這兩個字拆開來看，有孩童，有瓜果，有小犬，有蝴蝶，足以撐起一個盛夏傍晚的巷子口，人情味十足。稚子擎瓜柳棚下，細犬逐蝶窄巷中，人間繁華多笑語，惟我空餘兩鬢風——孩童水果貓狗飛蝶當然熱鬧，可都和你無關。這就叫「孤獨」。

我只是倔強地認定一句話：只有當自己處於一個最好的姿態，才會有一個最好的人來愛你。你若是想遇見安靜溫暖的男人過簡單美好的生活，首先，你自己得成為淡定與美麗的女人。若說，是什麼樣的訓練練就了一個非常女人，排行榜首位是「單身」二字。有一種魅力，叫敢於獨自走過。

Good Night, Sleep Tight

全世界每天都在錯過，

全世界每天都在相遇。

全世界每天有人住到另一個人的生命裡，

全世界每天有人

從另一人的生命裡搬走變成路人甲。

而你總會得到這樣一個人，

從錯過到相識，從相識到相愛。

所有的跌跌撞撞，

都是為了

一起欣賞這世界全部的漂亮。

那麼，晚安。

＃ 擁抱

每個擁抱，
都是疲憊時的
一張床

你說，
人山人海，邊走邊愛，
怕什麼孤單？

我說，
人潮洶湧，卻都不是你，
該怎樣將就？

其實，我們都知道，
相似的人適合玩鬧，
互補的人適合終老。

畢竟，
心動都還不是戀愛，心定才是。

他並不是很挑食的人，只是他喜歡吃辣得變態的東西；

她偏好清淡，追求原汁原味。

她認為吃太辣對身體不好，容易上火；

他則認為菜色的味道太過寡淡，無法下飯，重油重辣才是真愛。

每次一起吃飯，他們都要因為點菜的問題大動干戈，據理力爭，說道理，正反方辯論，到最後只好剪刀石頭布，用這種最具智慧的方法，決定要吃什麼。

他恨不得跟她分開吃，他們一人弄一桌菜，自己吃自己的！她也一度因為這個問題覺得他們不適合，兩個口味不同的人，怎樣談執子之手與子偕老呢？

直到有一次她跟朋友出去旅遊，他天天一個人吃飯，剛開始的幾天打電話問他吃什麼，電話裡那頭好像喝多了一樣興奮地跟她說：吃了香辣蟹、剁椒魚頭、辣子雞……

好像故意要讓她意識到，他平時跟她一起吃飯是真的如同嚼蠟一樣痛苦不堪，於是，她就沒理他了。

再過幾天，他打來電話，說他在吃魚頭豆腐湯、瘦肉金針菇燴番茄，末了，還懶懶地添了一句說：「還買了豆花，少糖。」

她撿起已經掉到地上的眼鏡，十分驚訝地問：「你不是不喜歡吃這些東西嗎？」

「是啊！」他似乎很憋扭地回答她，他說，「可是妳愛吃……我今天吃了妳愛吃的。」

她半天沒說話，不得不說，她當時很感動。

想起他們在一起以後，有一次她跟他出去逛街的時候，她看到路邊在賣她最喜歡吃的豆花，就興奮地衝過去大聲喊道：「兩碗豆花！」他隨後跟過來，接了一句：「麻煩，少糖，謝謝。」

她瞪大眼睛望著他平淡隨意的表情，問他：「你怎麼知道我接下來要說這句？」

他白了她一眼：「妳自己說過妳不喜歡吃甜的，而且妳上次不就是這樣叫的嗎？」

那一刻她就相信他是真的愛她的，愛到可以很隨意就說出她的口味，不做作，不刻意。

因為吃是生活中最基本的一項活動，一個人很難掩飾對於食物的好惡之心，也只有真正愛一個人，才願意很開心地吃對方愛吃的東西。

他是一個不太會表達愛意的人，從不會把甜言蜜語說給對方聽。

他幾乎從來不會說「我愛你」，若是硬逼著他說，他就會滿臉通紅，半天才憋出一句「今天工作的時候很順利」，或者是「咦，好多星星啊」！

　　但是也是他讓她明白，一個人是不是真的愛你，不在於他對你說了多少次我愛你，不在於送了你多少禮物，更不是他給你製造了多少次驚喜和浪漫，而是雖有爭吵但也時刻掛念你，雖不會刻意製造浪漫表達愛意，但會默默在你需要的地方給你溫暖。

　　他從來不會說什麼「你是風兒我是沙」，什麼「愛你一萬年」之類的話，但她卻從他那裡聽到了最動人最好的情話。

　　他說：「我在吃妳最愛吃的東西。」

　　他說：「麻煩，少糖，謝謝。」

　　你看，有時候，愛情並無其他，無非就是我願意妥協於你，並沉默得心甘情願，長久陪伴。他給你的每個擁抱，都是疲憊時的一張床。

■ ■ ■

　　都說「愛到深處是陪伴」，可是，在愛情這件事上，有些人，注定了能牽起手就能陪伴一生，可還有些人，他們就只能

陪伴著走過一程，然後就此別過。

《六人行》的劇迷們肯定都還記得裡面這個經典的橋段。

莫妮卡買了一雙十分昂貴的高跟靴子，貴到她老公風趣地問她，她買的到底是「boot」還是「boat」。

儘管莫妮卡真的是非常非常喜歡這雙靴子，覺得它既時尚又百搭，但是其實穿著它並不舒服，又累又痛。有一次穿了它出門，結果到最後，還是她可愛的老公一路背著她回家。

像這樣的事其實常發生。就比如，你平常穿的是37號的鞋子，逛街的時候看上了一雙鞋，它的顏色、款式你都非常喜歡，你就認定了這雙鞋。可是人家告訴你，這款鞋子只剩下36號的。

猶豫再三，你還是決定要買，你想，只要多穿幾次，大不了腳上貼幾天OK繃，慢慢適應了以後也就好了。於是，你就把鞋子買回家。

穿了兩天，小了一號的鞋子磨得你滿腳是水泡，你的腳雖然很痛，但心裡還是很滿意、很滿足，特別是當身邊的朋友都在不停地誇讚這雙鞋好看時。

穿了兩個星期，你開始抱怨這雙鞋讓你走路很累，但你還是很喜歡這雙鞋，只是漸漸減少了穿它的次數。

穿了一個月，鞋子終於不那麼磨腳了，那是因為你的腳磨

的水泡已經成繭，你已經感覺不到痛了。

　　有一天，你打開櫃子準備穿這雙鞋時，你驚訝地發現，這雙鞋沒有從前那麼好看了，是的，它確實沒有從前好看了——你的腳把它撐得變了形。

　　你撫摸著這雙鞋，心裡失落、後悔、無奈很多情緒出來，你開始感慨自己這一個月以來為它所受的罪，你甚至開始後悔，當時為什麼沒選一雙別的37號的鞋子，它不一定特別漂亮，但起碼舒服合腳。你無奈地把鞋子放進了櫃子裡，從此再也沒有穿過一次。

　　自此以後你再買鞋子，無論它多麼好看，只要不合腳，你就都不會買了。就是那雙36號的鞋子讓你明白了，喜不喜歡和適不適合，根本就是兩碼事——感情的事，更是如此。

　　也許最後，你的耳機裡面還是有他很喜歡但你卻始終都不會唱的歌，你手機相簿裡還是有喜歡過但卻從沒在一起的人的照片。

　　但是，不管你曾經經歷過什麼，基本上，好的愛情根本不會讓你心力交瘁地去經營，真正愛你的人也不會捨得讓你委屈遷就，不會讓你擔驚受怕，不會總害怕他生氣，害怕他離開。

　　不合腳的鞋，不如及早換下；不合適的人，還是及早放開。

放開錯的人，存好力氣，去愛那個能夠陪你一起走下去的人。

這一路，遇見那麼幾個人，錯過那麼幾個人，你在這幾個人身上受傷，也是因這幾個人披上了鎧甲。那時走過的彎路，經歷的遺憾，都是為了和最後那個人在一起而準備的。

真的遇到了，記得，一定要珍惜。

．．．

有人說，男人曾經都是一個無懼無畏的勇士，當他遇見所愛的女人，他的內心就會有了改變，內心就會有了牽掛。

也有人說，女孩本來就是天堂裡面的天使，一旦愛上了一個男人，就會為他動情、流淚，當美麗的天使留下愛情淚水的時候，就會褪去翅膀，降入人間，變成凡人。所以，被每個女孩深愛的男人更應該懂得去珍惜，因為美麗的天使為了你放棄了整座天堂。

愛情，不是簡單的加減乘除就能收穫最佳答案，不是調味料加得越多就口味越佳、香氣襲人，愛情原本的模樣就只是一個簡單的磁場，單純地吸引了頻率相同的人，在磁場裡頭不期而遇。

這個世界上會有這麼一個人，他突然出現在你的生命裡，

讓你一下子認定他了，讓你覺得你之前所有的等待都是值得的，讓你即使將來分開也會想要在一起。

其實，女孩子對愛情的認知不是特別夢幻，恰恰相反，而是十分具體。上學時，聽她說想吃串糖葫蘆，有一個男生就翻牆出去幫她買了回來，結果這個倒楣蛋被教務主任逮個正著，最後還寫了他生平的第一份悔過書。

他想替她換部新手機，然後就頂著八月份的酷暑去打工，每天拖著疲憊的步子往回走，可心裡卻是充滿幸福和開心的。

他不想讓她一個人跨年，怕她覺得孤單、冷清、胡思亂想，就買了很多她愛吃的東西，坐了好幾個小時的火車，終於趕在半夜十二點之前見到了她，和她一起迎接新年。

在女孩心裡，這些曾經感動她的事，她一輩子都會記得。

愛情遲早有一天還是要落地，它終歸是奔著柴米油鹽、雞毛蒜皮去的。所以，對於很多女生來說，長得帥的、有錢的最後也許都會輸給對她好的。而愛情裡最平凡、最幸運的模樣，大概就是一個吃到了一包糖炒栗子就能開心大半天的女生，遇到了一個她對他笑一下，他就像獲頒影帝的男生吧。

其實我們都知道，愛情不會都以喜劇收場，受傷總是在所

難免。

這就好像，你剛舔了一口的糖掉到了地上，要出門玩卻發現下雨了，花了很長時間下載好的檔案說是資料損壞要重新下載……懷著滿滿的期待，最後卻掉進漫無邊際的失望甚至絕望之中。

可是然後呢？你還是會再買一包糖，還是要在等天氣晴好的時候再出去，還是得耐著性子再重新下載一遍檔案。

當一個人過了以愛情為主的年紀，有時會覺得這一生也都無所謂了，也曾勇敢地懷著一腔孤勇上戰場英勇殺敵，只為守在一個人身邊。到了後來，多愛你的人都無法激勵你的勇敢和倔強，真的是心有餘而力不足。那種狀態就像是想哭又哭不出來，想愛又不知道從哪裡愛起。面前的人都是很好的人，只是愛情要走下去還需要一些勇氣。在愛情中，勇敢去愛，勇敢去追逐，才不會留下愛的遺憾。愛情就像旋轉門，只有轉到真正的那個人，才能修煉圓滿。

終究，無論發生過什麼事情，人還是要在漫無邊際的失望裡，尋找可能出現的希望，不是嗎？

Good Night, Sleep Tight

當我們越來越習慣，

習慣把自己隱藏得很深，

深到連自己也不是真心知道

自己到底需要什麼樣的人。

所以，有緣遇到像是「重逢」的人，

一見如故，

那就試著多去了解，多去努力。

我們總要試著剝開厚厚的殼，

才能真正了解一個人，

經過努力的「重逢」，

才更有分量，才是對別人和自己負責。

那麼，晚安。

＃ 陪伴

給不了你
許多感動，
但我會陪你很久

有人告訴你說，
細節打敗愛情，
可是真正成就愛情的，
也正是細節。

那些在細節面前落敗的，
追根究柢，
都只有一個解釋，
那就是 —— 彼此並不合適。

Angela和Tina是一對閨密，長相平凡，並不算是美女。

Angela嫁給了一位服裝設計師，迄今爲止結婚八年。這位服裝設計師對老婆死心塌地，他常常在SNS上分享他爲老婆畫的水粉畫，每一張都充滿了愛意。他說，他越來越覺得，她老婆才是美麗的範本，有一種女神般的大氣之美。

比起Angela婚姻美滿，Tina則離過兩次婚，連她父母都覺得是她的錯，都心疼兩任女婿。Tina做了什麼傷天害理的事嗎？當然沒有，她只不過是生活中的負評專家，是位持之以恆的「負能量」女王。她最擅長從眞善美中找出假惡醜，任何一件日常小事，她都能找到吐槽點。

只講兩件事。第一件是關於烹飪的。

Angela的服裝設計師老公是個創意型的大廚，烹飪大都處於一種隨意狀態，就連做過了很多遍的菜都不記得，常常被迫翻食譜。可是Angela永遠一副無所謂的樣子，說：「你慢慢做，我最喜歡你做的菜了。」然後，她就在旁邊愉快地跟別人聊天，講講有趣的事，就算沒有旁人，她自己看老公做菜都能看得很開心，還會講點冷笑話給老公聽。

有一次週末，Angela的老公想一展廚藝做兩個大菜，一小時就應該做好的，她的老公做了兩個多小時，快把Angela餓暈

了。最後，Angela還是說：「賺到了，慢工出細活，好久都沒吃到過這麼好吃的東西了！」

而Tina的第一任老公同樣也不太會做飯，同樣老是忘記做法，但他就比較悲慘了，Tina可以從一開始罵，一直罵到老公做好飯：「白痴啊！剛才明明該用醬油上色的，你卻放鹽！你沒看到食譜上寫得清清楚楚嗎？剛才的牛肉怎麼切的啊？肋眼肉不能那樣切啊，真是的！」

有一段時間，她老公幾乎都快得憂鬱症了。

第二件是關於出門旅行的。

當時Tina和第一任老公剛結婚，感情還不錯，跟Angela、Angela老公四個人去旅行。到了火車站，兩個男人去買票，當時每隔半小時有一班，他們選了下午三點的，結果偏偏就只有這班車誤點了，後面三趟車都發車了。Tina頓時暴怒，用等待的一個半小時不停埋怨老公，認為他選擇這班車純屬「腦子進水，從小蠢到大，就沒一件事能做對……」

基本上，Tina老公的一生都被全面否定了，在他看來，他唯一該做的，大概就是把自己扔在鐵軌上，以死明志。而Angela呢，勸說Tina無果，只好和自己老公玩起了成語接龍遊戲，兩個人玩得不亦樂乎，等火車來的時候他們還驚呼，怎麼

時間過得這麼快？

　　同樣是一個半小時，跟Tina，就是度秒如年；跟Angela，卻必須採用中學生作文專用成語──「光陰似箭，歲月如梭」。

　　很多人問，Angela的老公是服裝設計師，他的工作可以遇到各類美女，為什麼只愛他的老婆？他說，因為只有跟她在一起，才會隨時隨地都很快樂。

　　有一次，他去米蘭參加時裝秀，隨行全是性感美豔的模特兒，當那些模特兒抱怨米蘭WiFi訊號太爛、火車站髒亂、米蘭人效率低下、騙子多小偷多的時候，他就無比想念他的老婆：如果是和她來，就一定是場愉悅的旅行。

　　張愛玲說，唐明皇愛楊貴妃什麼？大概不是美貌，而是熱鬧。不是每個女人，都可以把日子過出樂趣的。

　　別誤會，這不等於鼓勵女人都變得亢奮而且聒噪，但如果你的興趣愛好是吐槽和抱怨，那麼趕緊改一改。充滿負能量的人就像一個黑洞，會把周圍所有人的好情緒也全部吸光。

　　同樣是女人，一個善於發現生活中美好的小事，一個善於挖掘生活中的醜陋。說起來，這根本就不是什麼學歷、才華差異的大事，有時候，決定我們命運的就是微小的處理方式。

　　塞車和誤點，大家都覺得討厭，但你卻可以選擇，要不要

當一個生活中的負評專家。

　　　　　　　　　■ ■ ■

　　她跟G先生算是一見鍾情，可是，談了兩個月戀愛，她卻感到很難受。

　　早上傳了一則訊息給G先生，也許會等到晚上或者是第二天才會回；本來約好了的假日出遊，最後也會因爲他不想去外地而作罷；一遍一遍囑咐他，叫他把自己小時候的照片帶來給她看，他也總是會忘記；他甚至會因爲朋友約了他打遊戲而取消和她的約會，儘管那時候，他們因爲工作忙已經接近半個月沒見面了。

　　女孩之前有過戀愛的經歷，對比前任的殷勤來說，她覺得G先生根本不在乎她，起碼不是太在乎。

　　她陷在這個邏輯裡走不出來，只是固執地認爲，世上所有的男朋友都應該是一樣的，只要他愛你，就都會想時時刻刻關心你、想著你、黏著你。

　　女孩實在無法忍受她喜歡的人沒那麼喜歡她，多次反覆之後，終於提出了分手。

　　現在分手已經一年了，女孩偶然聽聞G先生已然談婚論嫁，

而她也開始反思。她在想，其實那時候，在生活的罅隙中仍舊可以發現他愛她的證據。

比如，錢包和提款卡從來都不忌諱給她，儘管也才剛剛戀愛兩個月；他是屬於那種有些高冷的天蠍座，但他也會突然開心地在SNS上發動態，大大方方地曬恩愛。

其實，除卻他學生時代懵懵懂懂地牽了個小手的戀愛，她是他真正意義上的初戀。也許，更多的時候是當時的自己蒙蔽了雙眼，只注意到了他不及時回她訊息，不關心她的種種，卻沒有看到，他也就是那樣一個傻傻的、單純的平凡人。

他沒什麼愛人的經驗，不太懂得如何去取悅人，不太懂得如何去表現得更在乎對方一點，甚至有時候連自己都照顧不好，自然也就不太會去照顧女朋友。

然而，他也許也正像她愛他一樣，一心一意地愛著她，只不過他傻傻的，不太懂得如何表達這一點。而且，普普通通的世俗感情永遠都不會變成瓊瑤劇：書桓走的第一天，想他，想他，想他……

別太快太輕易就相信那些什麼「他其實沒那麼愛我」的自我判斷，感情是自己的，在不在乎總要自己好好感受。就算有時候，確實覺得他沒那麼在乎你，那又怎樣呢？如果你愛他，你又敢不敢多在乎他一點呢？

你可能會誤會他沒有付出真心，或者付出的相對沒有你多，但是，在一天天過去的日子裡，也許你卻越來越能感覺到，他對你的關心原來無所不在。

總之，別因為過度糾結於細節，而消磨你對愛人的信心。

我們總是習慣，把來不及的事留給下一年，把來不及付出的情感留給下一任，把來不及說的話留給下一次。其實，很多的「來不及」不是沒做好準備，而是沒下定決心。

一個人幸福快樂的根源，在於他願意成為他自己。不要去做「如果我當初做了另一種選擇」這種其實根本毫無意義的假設。你手裡握著的，你所厭倦或者習以為常的，或許正是他人所渴求的。

所以，你要快樂，要感恩，要懂得享受現在擁有的一切。

• • •

你可能有過這樣的經歷：沒有喜歡上A，卻愛上B，沒被C傷害，卻栽在D手裡。

愛情像是一個變數，你永遠不知道會花多久時間愛上一個人，不知道要花多久時間忘記一個人，更加不知道，下一秒鐘

會發生什麼。

很多人，一生至少談過兩次戀愛。一次，你愛他，他不愛你；另一次，他愛你，你不愛他。你愛過別人，也被別人愛過；傷害過別人，也被別人傷過。在感情這條路上，跌跌撞撞，走走停停，背著牽扯不清的感情債。

愛情像是一個無底洞，讓你永遠填不滿也掏不空。

你有過這種感覺嗎？兩個人談戀愛就好像是在玩蹺蹺板一樣，一個人升到了高處，另一個必然要壓低姿態。他越是漫不經心、若即若離，你越是惶恐不安、小心翼翼。

這樣不平等的愛情會長久嗎？你什麼時候見過簽訂了不平等條約的雙方還能維持和諧關係的？

在愛情裡，大多數人都做過這麼一件傻事，那就是偏執地愛一個不停消耗自己的人。

你看，你本來是一個從不熬夜的人，但卻為了等他的回應，為了等他的一句「晚安」就非要熬到半夜才肯睡；你本來不能吃辣，但他無辣不歡呀，於是你每天從早餐開始，拚命跟辣較勁；你本是一個個性執拗的獅子座，但每次不管大吵小吵，最後都會變成你主動讓步。

很多人，一旦投入一段感情就像是被蒙蔽了雙眼、遮住了

耳朵，變成一個傻子、聾子，眼裡除了他就什麼人都沒有了。

人的心理暗示是一件太可怕的事，特別是在還很年輕的時候，我們甚至會不自覺地催眠自己說：「我是愛他的，而愛情就是妥協，就是犧牲，就是無條件地付出。」但是你難道就不該問問，在你為對方付出、妥協的同時，對方都為你付出了什麼嗎？你害怕對方會離開，但是比他是否會離開你更重要的，難道不是他愛不愛你嗎？

我並不是在鼓吹什麼愛情就是一場交易，只不過很多時候，如果你換一個角度，甚至於用最俗、最功利的眼光去看待一些事情的時候，反而會看清一些最起碼的事實，那就是：一個夠愛你的人，不會一直消耗你。

兩個人談戀愛就像是在下棋，一定要旗鼓相當、棋逢對手，才會有意思。若是雙方實力懸殊太大，勝負即刻見分曉，便自然少了很多樂趣。

愛情的世界裡，我們更加需要有好的對手。

與其急急忙忙想要抓個男人共度餘生，不如靜下心來好好愛自己。覺得現在過的生活不是自己想要的，等王子出現拯救你的人生？不如自己騎上白馬比較可靠。

如果是年輕的女孩，不要把時間浪費在追逐熱門電視劇、

渴望華貴奢侈的物品以及幻想有男子毫無原因地愛你一生一世上，這些都是泡沫。多讀書、多旅行、勤懇工作、善待他人、熱愛天地自然、珍惜一事一物，自然會有人感受和尊重妳的價值。

要用最好的自己去對待最愛的人，而不是用最壞的自己去考驗對方是否愛你。

最終我們都將學會，與他人交往，最重要的不是甜言蜜語，不是容貌金錢，而是你和他對於這個世界的看法，對人生的態度是否一致。友情如此，愛情同理。

Good Night, Sleep Tight

張愛玲說，
愛是熱，被愛是光。

愛是熱，我愛你，
就像有了鎧甲、無盡的熱血和力量上膛。
我手持闊斧，為你披荊斬棘，開墾荒地，
只為種上你心儀的玫瑰。

被愛是光，
你的愛猶如星辰，明亮了我的前路。
我要為你變得更好，做你堅實的後盾。

那麼，晚安。

Part 4／餘生，請多指教

如今正好，
別說來日方長

你應該有酒有夢，
有寫不完的詩歌，
有坦蕩的遠方，
有緊牽著你手的另一半。

願你一生清澈明朗，
做你願意做的事，
愛你願意愛的人。

願情話終有主，
不必說來日方長，
只道如今正好。

他身高一百八十二，她身高一百五十五，顯然，並不是完美的搭配。

她踩著高跟鞋陪他參加好朋友的婚禮，回來以後踢掉高跟鞋，抱怨兼撒嬌，怪他為什麼長那麼高。他過來坐到她身邊，看到她小小的腳板上多出了兩個突兀的水泡，他下令，以後和他出去都不要再穿高跟鞋了。她說，如果不穿高跟鞋的話，我們倆身高多不配啊！他說，怕什麼，我覺得配不就好了嘛。

她低下頭，忍不住笑了。

下一次，她還是穿著高跟鞋陪他出門參加聚會，只是，不再抱怨。

他下班回家，她在廚房做菜。他放下公事包，摘掉領帶、手錶，走進廚房想幫忙。她左手握著鍋柄，右手握著勺子，頭也不回地對他嚷：「去洗手，去洗手，髒死啦！」其實她知道，他始終最討厭廚房裡的油煙味道，不想油煙熏了上了一天的班已經很疲憊的他。

晚上洗完澡，她穿著寬大柔軟的格紋睡衣，坐在沙發上疊著洗好曬乾的衣服，又或者是塗塗五顏六色的指甲。他就在旁邊，一邊看著電視講劇情給她聽，一邊往她嘴裡遞著她喜歡的零食。

他出差，路上路過一個老的書攤，無意間發現了一本她一

直在找卻怎麼也找不到的舊書。他把那本書買下來，小心翼翼地放進自己公事包的最裡層。回家後，他將它悄悄地放在書櫃裡她容易看到的地方。

結婚五週年紀念日，他們誰都沒有跟對方提起。可是在他下班回來的時候，他看到的是她用心準備的晚餐，而她看到的是他帶給她的實用又精緻的禮物。

她容易失眠，睡著了也容易在半夜醒來。她醒來後的第一個反應不是打開床頭燈，而是摸一摸他是不是睡在自己的左邊。很多次她醒來，左手準備伸出去的時候，卻發現自己的左手正被他的右手輕輕握著。

我知道，當有一天，他們很老很老了，他白了頭髮，她沒有了牙齒，可是，他們在彼此模糊的眼裡，還是看得到動人的風景。他們晚上還是會說很多很多的話，回憶很多很多的往事，笑話彼此曾經做過的一件件傻事。

. . .

有一次，去外地出差，跟另一家公司商討合作的細節。

那天的會議一直開到凌晨五點，依然有許多細節沒有達成共識，於是決定回房間休息三個小時，然後再議。對方的專案

團隊裡一個三十歲出頭的助理收拾東西，準備要趕回家。

他的同事說，「不然就和我們在飯店住一晚吧，這路上來回要兩個小時呢。」

他笑著搖搖頭，還是搭了計程車走了。

他趕在妻子起床前到了家，輕手輕腳做好了早餐──她最愛吃的三鮮麵，外加烤麵包片、一個荷包蛋。兩個人對面而坐，邊吃邊聊些工作、生活上的瑣事。等她吃完，他迅速收拾完碗筷，在八點鐘前又回到了會議室。

中午開完會，正好跟他一起下樓去自助餐廳，就跟他聊了起來。他對早晨的事有些不好意思，慢慢解釋。

原來，他妻子最近身體不太舒服，這幾天請假在家休養，而他這幾天工作這麼忙，晚上他回到家妻子都睡了。所以，陪妻子吃頓早餐，是他們一天當中唯一能說一點話的時間，他不想錯過。

我問：「看樣子，你們是剛結婚不久啊。」

「也不是，我們認識十多年了，結婚五年，孩子兩歲。」

我有些詫異了。按理說，這樣的狀態，不太會這麼在意一頓飯要不要在一起吃的啊。

他說，原本其實也並不是這樣。在那之前的幾個月，他升

了職，從此似乎每天都有寫不完的專案計畫，見不完的客戶，接不完的電話，回不完的郵件。早上很早就出門，披星戴月回家就成了常態，往往連週末都得加班。

連續轉了幾個月，有一天，突然覺得心慌乏力，眼前一黑，就那麼倒在了電腦旁。同事把他送到醫院一檢查，原來是心臟積勞成疾，必須休息。

養病期間，家人照顧他，每天變著花樣做他愛吃的，而妻子就守在病床邊看著他慢慢吃完。

「我那時就想，假如當時真有個好歹，醒不過來了，我最遺憾的是什麼。有一個專案沒有爭取到手？最想要的那輛車終於還是沒有存夠錢買？還是沒能按照希望的那樣換個三房的家？都不是！」

他說：「我竟然覺得，好久沒有跟家人吃一頓像樣的家常晚餐，怎麼那麼讓人難受呢？」

．．．

有人說，一生只談三次戀愛最好，一次懵懂，一次刻骨，一次一生。可是，有多少人都渴望自己能夠遇到這樣一個人，你們能夠從懵懂愛到刻骨，從青絲到白髮，攜手走過一生。

「你從什麼時候開始喜歡我的？」

「不記得了。」

「可是，為什麼是我呢？」

「為什麼不是妳呢？」

「我很小氣，愛吃醋。」

「巧了，我也是。」

「我怕自己不夠好，不值得你喜歡。」

「巧了，我也是。」

「我嘴很笨，EQ又低，不太知道怎麼去適應一個人，愛一個人。」

「巧了，我也是。」

他自然地拉住她的手：「我只知道，妳陪著我的時候，我從沒羨慕過任何人。一想到能和妳一起牽手，一起生活，我就對接下來的日子充滿了期待。」

十六歲時，他們坐在同一間教室裡，相距不過幾十公分，一個人的餘光永遠都在不由自主地尋找另外一個。

二十六歲時，她望著身邊的他，陽光灑滿他好看的側臉，只想與他就這樣，就這樣一點一點、安安心心地慢慢變老……

也許，這就是最讓人心動和羨慕的愛情吧。

小時候，覺得愛情應該像是甜甜的糖果，長大後，覺得愛情就是能一起分享。到後來，覺得愛情就是那怦然一下的心動，再後來，覺得愛情就是偷偷地喜歡。

有時候，覺得愛情控制了你的喜怒哀樂；有時候，覺得愛情讓人莫名其妙地有了自信；有時候，覺得愛情變成了自己的一種特殊的習慣，習慣了有對方在身邊。

愛情到底是什麼？

爸爸說，愛情就是當初一無所有，媽媽依然義無反顧地和他在一起。

媽媽說，愛情就是如今該有的一切都已經有了，爸爸還是像當年一樣愛著她。

什麼是愛情？你如果問一百個人，就會有一百種答案。每一種答案都有它的道理。

也許，愛情就是對方在自己眼裡有著各種各樣缺點，卻還是怕對方被別的人搶走了吧，任那所有的不愉快，也都改變不了對彼此的依賴。

然後有一天忽然間發現，原來，我們說過的每句漫不經心的話，全在那個人的心上開成了漫山遍野的花。

．．．

我想和你一起生活，想在每天醒來的時候就能看到你熟睡的臉，想在夏天的晚上和你一起出門散步，抱顆西瓜回我們的家，想冬天一起窩在家裡做好吃的菜，我們一定會養一隻聽話的、大大的黃金獵犬，每天一起溜狗，曬太陽⋯⋯

即使生活不那麼輕易，但我希望你在我的未來裡。

這大概是很多人對於愛情、家庭的憧憬吧。

有人說，最舒服的感情是，你聊起任何話題，對方都聊得下去，不是因為對方見多識廣，而是對方很感興趣。了解的，對方會說你不知道的部分；不了解的，對方會問你知道的部分。聽過的，對方懂得分享感受；沒聽過的，對方的好奇也讓你充滿說的欲望。

事實上，我們都渴望能有個無話不談的人，兩人之間，睜開眼睛有話說，吃飯時有話說，聊電影時有話說，親吻時有話說，吵架時有話說，高興時有話說，受傷時有話說。最好，連夢裡都有話說。

所以，愛就是和你在一起說許多許多話，愛就是和你在一起吃好多好多頓飯。

愛情不就是這樣，從青澀時光到白髮蒼蒼，年輕時吵吵鬧鬧，老來兒女長大，老先生老太太一起散散步，相伴到老嗎？

陪伴是最長情的告白，真正走到最後的愛情並非轟轟烈烈、你儂我儂，而是在生活的柴米油鹽中相互磨合，達到一種舒適不累的狀態，在對方面前可以最放鬆最自然。

只有不累的感情，才能經得起生活考驗，走得更長遠。

最好的愛情大約就是兩個人在一起三觀一致，總能讓平淡的生活發著光。三觀一致並不是沒有任何一點不同。但至少，彼此做的事情是可以理解並且接受的，不會因為一點點小事而鬧得不可開交。這個世界上，能遇到三觀一致的人，並不容易。但真的很有趣，遇到三觀一致的人，人生就會突然開了掛一樣，少了被潑冷水的苦惱，多了被鼓勵和陪伴的溫暖。

最舒服的愛情，是感冒時的那杯熱水，是洗好曬乾的衣被，是雞毛蒜皮的爭吵，是生氣後還能擁抱，是我始終知道若到我白髮蒼蒼、容顏遲暮，你還會依舊如此，牽我雙手，傾世溫柔……

如果以生活來說，兩個人最好的相處，是懂得你進我退，你退我進。不會因為一則沒有回覆的訊息、一句無心的話、一個不甚要緊的異性朋友，而斷言你不夠愛我。當你穿過樹林、翻過山嶺、越過海洋，我都可以放心地讓你去遠方，無論你在

想什麼、做什麼、說什麼，而我都知道，你不會棄我而去，你終究是我的。

　　當浪漫褪色，濃情減淡，柴米油鹽間的溫暖，何嘗不是最長情的告白？

Good Night, Sleep Tight

我清楚你的口味，你也知道我的喜好；
我懂得你的張狂，你亦明白我的悲傷。

世上沒有完全同樣的兩個人，
但如果要一起攜手走下去，
就要試著實現這樣的默契。
就好像同樣的生物，
經歷宇宙洪荒以後，
一定保存在同一個地質層。

那麼，晚安。

微文學50　　　　用最舒適的樣子，與你相遇

作者	楊楊
副主編	朱晏瑭
封面・內文設計	李佳隆
校對	朱晏瑭
行銷企劃	謝儀方

——　　　　　　——

第五編輯部總監	梁芳春
董事長	趙政岷
出版者	時報文化出版企業股份有限公司
地址	108019臺北市和平西路3段240號
發行專線	(02)2306-6842
讀者服務專線	0800-231-705・(02)2304-7103
讀者服務傳眞	(02)2304-6858
郵撥	19344724　時報文化出版公司
信箱	10899臺北華江橋郵局第99信箱

——　　　　　　——

時報悅讀網	http://www.readingtimes.com.tw
電子郵件信箱	yoho@readingtimes.com.tw
法律顧問	理律法律事務所 陳長文律師、李念祖律師
印刷	勁達印刷有限公司
初版一刷	2021年10月22日
定價	新臺幣330元

用最舒適的樣子，與你相遇／楊楊 文
—初版.—臺北市：時報文化出版企業股份有限公司
2021.10／224面；14×21公分；
ISBN 978-957-13-9547-0（平裝）　855　110016387

時報文化出版公司成立於1975年，
並於1999年股票上櫃公開發行，
於2008年脫離中時集團非屬旺中，
以「尊重智慧與創意的文化事業」爲信念。